すてねこタイガーと家出犬スポット

リブ・フローデ／作　木村由利子／訳　かみやしん／絵

もくじ

リブ・フローデ（Liv Frohde）　作者
1940年、ノルウェーに生まれる。教師として首都オスロの小学校に勤務。デビュー作『だんまりレナーテと愛犬ルーファス』（文研出版）をはじめ、『いちばん奥の部屋』などの作品がある。犬など動物への愛情こまやかな表現を得意とし、最新作『キングの幸せな一日』も、ペットにまつわる子どもたちの友情のお話。

木村由利子（きむらゆりこ）　訳者
大阪府に生まれる。大阪外国語大学デンマーク語学科卒業。北欧の児童書・ミステリーがすきで翻訳の仕事をはじめる。訳書に『おねえちゃんはドキドキ１年生』（講談社）、『わたしはわたし』（文化出版局）、『トロルとばらの城の寓話』（ポプラ社）、『秘密が見える目の少女』（早川書房）など、また著書に『長くつ下のピッピの贈り物』（ＫＫベストセラーズ）、『旅するアンデルセン』（求龍堂）などがある。

かみや しん（上矢津）　画家
1942年、東京都に生まれる。自然と美術の関わりを児童書にもわかりやすく展開している。主な絵本や挿絵の作品に、『百年の蟬』（ポプラ社）、『みんなのいいぶん』（岩崎書店）、『でんでんむしのかなしみ』（大日本図書）、『ねこもあるけば』（理論社）、『トカゲとげん平』（小峰書店）、『見つけたよ！ 自然のたからもの』（福音館書店）、『ゴイサギはみていたのかな』（文研出版）などがある。

すてねこタイガー
と家出犬スポット

1　しのびよる足音

夜中だ。月も、星も見えない。闇《やみ》が家とりんご園をすっぽりとおおい、りんごの木々を、かくしてしまっている。もう木の枝《えだ》にりんごは実っていない。人間の手がとどかないてっぺんに、ひとつふたつ、残《のこ》っているだけだ。

二階《かい》の窓《まど》のひとつから、明かりがもれている。明かりは、青い郵便受《ゆうびんう》けのある玄関《げんかん》をてらしだし、門口《かどぐち》にとめた車の窓に反射《はんしゃ》している。

台所の窓の下におかれたバスケットの中で、タイガーはうとうとしていた。お母さんのシルクと、妹のタッセがいっしょだ。ストーブがごうごうと音を立てる。燃《も》える炎《ほのお》の明かりが、すきまからちろちろと顔をだす。タイガーは、明かりを目で追った。まるで赤いつばさの小鳥たちが、追いかけっこをしているようだ。

火明かりは、テーブルのりんごもてらしだしていた。シルクとタイガーとタッセが住むこの家の家族、つまりシェスティとお母さんとお父さんが、りんご園で一日かかってつんだものだ。りんごは今、いすやテーブルの上まで、部屋じゅうにあふれ、やわらかい紙につつまれて、大きな箱につめられるのを待っている。もう荷づくりがすんだ箱もあって、それは外のベランダにつんである。

今バスケットの中は、ゆったりとよゆうがあった。前には五ひきも子ねこがいたのだ。今は二ひきしかいない。この家のお父さんは、三びきにもらい手を見つけたが、タイガーとタッセには、引きとり先がなかったのだ。

シルクはねむったままからだをのばし、つめをだした。かすかな笛のような音が口からもれ、前足がぴくぴく引きつった。それからシルクはつめを引っこめ、からだをまるめた。すると小さいほうの子ねこタッセの姿《すがた》は、母ねこのおなかの下に、ほとんどかくれてしまった。

タイガーは、前足にあごをのせて、ねむりにつこうとしていた。ストーブがぱちぱちと音を立て、りんごのいいかおりがただよう。前足からも、りんごのにおいが立ちのぼっていた。

タイガーはその日一日じゅう、木をかけのぼったりおりたりして、りんごの収穫《しゅうかく》を手《て》伝《つだ》ったのだ。娘《むすめ》のシェスティが、芝生《しばふ》に投げてくれるりんごを追いかけ、鼻で草の上をころがし、ぱりっとした皮にかみついた。おもしろい遊びだったが、そのおかげでくたくたにつかれていた。

寝静《ねしず》まった家に、かすかな物音が聞こえた。シルクは首をもたげ、闇《やみ》に目をこらした。二階《かい》の廊下《ろうか》を、だれかがしのび足で歩いている。足音は、シェスティの部屋の前で、いったんとまった。それからまた廊下を通りぬけ、階段《かいだん》をおりはじめた。一段《だん》また一段。ほとんど音を立てない。

タイガーも目をさました。そしてドアをにらみつけた。ドアがひらき、すきまからお父さんの顔がのぞいた。バスケットのねこたちを見つめている。それからお父さんは、部屋に足をふみ入れ、音を立てずにドアをしめた。お父さんは、厚《あつ》ぼったいジャケットを着ている。手には黒い袋《ふくろ》を持っていた。

タイガーはバスケットからとびだし、お父さんにかけよった。そしてその足に、あまえるようにからだをこすりつけた。お父さんはかがみこみ、タイガーの背中《せなか》をなでた。手が、

しまもようの毛皮を、前にうしろになでる。つぎにその手が、首すじをぐいっとつかみ、タイガーを持ちあげた。タイガーは宙《ちゅう》づりになり、足をばたばたさせた。お父さんは袋《ふくろ》の口をあけ、その中にタイガーをほうりこんだ。タイガーはどすんと底《そこ》に落ち、横になってはあはあ荒《あら》い息をついた。

お父さんは、ねこのバスケットに近づいた。手をのばしてタッセをつかみあげると、シルクはしゅううっとおどかすような音を立てた。お父さんはやさしい声で、シルクにささやきかけた。そしてねむっている子ねこを、軽くにぎった。小さなタッセは、大きなこぶしにかくれてしまいそうだ。それから手がひらき、タッセも袋の中の、タイガーの横にすべり落ちた。

袋の口がしまり、いちめん真っ暗になった。お父さんが歩きはじめた。タイガーはタッセにぶつかった。タッセのぬれた鼻が耳にあたって、くすぐったい。ドアのしまる音がして、外の冷《つめ》たい空気が流れこんできた。お父さんは砂利《じゃり》をふんで歩いていく。ざくざくと音がひびく。

タイガーは、母さんのシルクがしゃああっとおこる声を聞いた。ドアのすきまからむりやりに外に出て、今はお父さんのすぐ横を歩いている。歩きながら何度も何度も、袋《ふくろ》に頭《ず》突《つ》きをくらわしていた。タイガーはシルクに答えようとしたが、かすかなぴいぴいという声しか出なかった。

車のドアがあいた。シルクは大声をあげ、袋にとびかかった。お父さんの声は、低《ひく》くて落ち着いている。それからお父さんは、シルクを腕《うで》にだきあげた。シルクはもがき、腕からのがれようとした。かたい布《ぬの》につめがきしきし引っかかる。ねこバスケットのマットレスで、つめをとぐときのようだ。

お父さんの足音が、家に向かって遠ざかった。それにつれて、シルクの悲しげな声も、遠くなった。ベランダの戸がばたんとしまり、タイガーにもタッセにも、もう母さんねこの声は聞こえなかった。

足音がもどってきた。子ねこ二ひきは袋ごと、うしろの座席《ざせき》にほうりこまれた。エンジンがうなりだす。車は道路に出ると、スピードをはやめた。タイガーとタッセは、袋の中をころがりまわった。外に出たくて、二ひきはそこらじゅうにかみつき、引っかいた。つめがビニールに引っかかる。すべすべの面が、鼻にはりつく。

とつぜん車がとまった。全体が上下左右にゆれ、子ねこ二ひきは、座席《ざせき》からほうりだされそうになった。がくんとひとつ大きくゆれると、車は完全《かんぜん》にとまった。

ドアがひらき、袋《ふくろ》が持ちあがった。引っかいてできた袋のさけ目から、土と青草のにおいが流れこんだ。家のりんご園によく似《に》たにおいだ。そこは山の中だった。ブーツが草にこすれる。それから車がしまった。エンジンのかかる大きな音。音は、どんどん小さくなり、そのうち聞こえなくなった。

二ひきの子ねこは、袋の中にころがったままだった。しばらくしてようやく動きだし、やがてタイガーの茶色い頭が、ぴょこんととびだした。両耳がするどい三角形になり、ぴんと立つ。タイガーは草の上にはい出て、しまもようのからだを、長くのばした。タッセが、そのあとにつづいた。

二ひきはこけのじゅうたんに横になり、あたりを見まわした。そこは深い森の中だった。暗くて、不思議《ふしぎ》な感じがする。木々は、家のりんご園のより、ずっと大きい。二ひきはよりそい、くしゃくしゃの頭をよせあった。こうすればどちらもたおれないですむと、考えているようだった。

風が木の枝《えだ》をとらえ、大きくゆすぶった。長い腕《うで》が、つかみかかってくるように思える。タイガーはちぢこまり、耳をすました。奥《おく》の木立《こだち》のあいだで、何かが動く。茂《しげ》みがひゅうひゅうと音を立て、ヒースとブルーベリーがかさこそとささやく。タイガーの心臓《しんぞう》は、とびあがった。ひらべったくからだをのばし、しっぽをぴんと立てた。タッセはタイガーにからだを押《お》しつけた。やせて小さなからだは、森の灰色《はいいろ》の影《かげ》に、のみこまれてしまいそうだ。

二ひきはそのままひと晩《ばん》じゅうまんじりともせず、暗くおそろしい森の音に、耳をすましつづけた。タイガーは目を大きく見ひらき、妹を守った。シルク母さんの、どっしりとあたたかいからだが、恋《こい》しかった。

それでもやがて、木々の向こうが、明るくなりはじめた。長い夜が終わったのだった。

2　おやすみ、タッセ

長かった見はりにつかれはて、タイガーは夜明けになって、ようやくねむった。そしてシルク母さんのそばにいる夢《ゆめ》を見た。やにわに、シルクの乳房《ちぶさ》から、ミルクが流れだした。タイガーは力いっぱいすいついた。のめばのむほど、ミルクはいきおいよく吹《ふ》き出《で》る。やがてミルクがあふれて足をぬらし、そのうちおなかまでつかりはじめた。タイガーは、あたたかい白い海で、ぱしゃぱしゃ歩きまわった。

目がさめると、すっかり明るくなっていた。空はうすい水色だ。山の上から冷《つめ》たい空気が流れてくる。タイガーは四本の足をせいいっぱいのばし、あくびをした。それから腰《こし》を落とし、うしろ足で耳のうしろをかいた。タッセはすぐ横で、まだねむっている。

タイガーはおなかがすいていた。起きあがり、何か食べられるものはないかと、あたりをさがした。かれ葉の中や、こけむした岩のあいだもさぐってみた。でも見つかったのは、にごった水たまりだけだった。少しのんでみると、鼻に小枝《こえだ》がささった。うえっ、ひどい味だ。そろそろタッセを起こそう。いっしょに食べ物をさがさなければ。

タッセは灰色《はいいろ》の小さなボールになって、草の中にうずくまっていた。タイガーは近づき、鼻でつついた。それでもタッセは動かない。タイガーは、タッセの頭とのどをなめた。長いあいだ、なめつづけた。ようやくタッセが目をあけ、にゃあと声をあげた。こわばった足をのばすと、起きあがった。

自分たちがどこにいるのか、タイガーにはわからなかった。りんご園のかこいから、外に出たことがなかったからだ。はてのない森なんて、はじめてだった。だがどうしても、シルク母さんのいる、りんごの家にもどらなければならない。

二ひきは、森の小道を歩きはじめた。タイガーが先になり、タッセがあとにつづいた。タイガーは、あらゆる方向に、目をくばった。木立《こだち》の奥《おく》を見ると、不安になった。枝《えだ》のあいだから、大きな灰色の鳥がとびだして、しゃがれた声で二ひきをおどした。全身に針《はり》をつっ立てた茶色の動物が、道をわたり、葉むらの中に消えた。

「スクースクースク！」

木の上から声が聞こえた。小さくて茶色い生き物が、枝《えだ》に立ち、目をきらきらさせてこちらを見おろしている。そいつは、先がまるまった、長くて大きなしっぽをしていた。とても小さな前足に、まつかさをかかえている。

タイガーは、草の中にぺたりとふせた。りんご園でネズミを追いかけるとき、母さんがとる姿勢《しせい》だ。目を、細い線になるほどぎゅっとせばめる。

「スクースクースク！」

そいつは枝の上で鳴いた。タイガーは片《かた》ほうの目でにらんだ。

リスは、まつかさの実を食べようとしていた。目にもとまらぬはやさで、顔の前のまつかさをまわした。

「スクースクースク！」

あっというまに、まつかさはからになった。

リスは、枝から枝へとわたりながらおりてきた。一番下の枝にたどりつくと、ゆすぶった。そして、まあるい目で、タイガーを見つめた。

タイガーはせばめた目をこらし、そいつがもっと近くにくるのを待って、全身でかまえ

た。ところがリスは、枝《えだ》にとまったまま、ばかみたいに草の中の子ねこを見ているだけだった。

がまんできず、タイガーはとびかかった。リスはくるりとうしろを向き、矢のように枝をかけのぼった。手から落ちたからっぽのまつかさが、タイガーの頭にことんとあたった。リスは、あっというまにてっぺんまでのぼっていた。それからぴょーんと大きくジャンプして、となりの木にとび移《うつ》った。ふたとび、三とび。するともう、姿《すがた》は見えなかった。こんなにすばやく木のぼりができるやつを見たのは、はじめてだった。

狩《か》りに失敗《しっぱい》した二ひきは、さらに先に進んだ。母さんの家の方角は、あちらのようにも、こちらのようにも思えた。あてもなくさまよい、峰《みね》をひとつこえ、深い谷におりた。

かっ色のかれ草にかこまれた沼《ぬま》と、きらきらとすきとおった水をたたえたいくつもの小さな池が、目の前に広がった。二ひきは、暗く深い穴《あな》に落ちないように用心しながら、草地から草地へとわたっていった。

とうとうタッセが動けなくなった。タッセは道をはずれ、岩のうしろにうずくまった。タイガーは、妹がいなくなったことに気づかなかった。そしてそのまま歩きつづけた。だからふり返ったときには、もう妹の姿《すがた》は見えなかった。

タイガーは大声で、妹をよんだ。けれども答えは返ってこない。タイガーはきた道をもどりながら、茂《しげ》みや背《せ》の高い草の中をさがした。

ようやく、岩のうしろに妹を見つけた。タッセはしっぽに鼻をつっこんで、まるまっていた。タイガーが頭をなめてやると、かすかなぴいぴい声が返ってきた。そのあとタッセは、ふたたび目をとじて、ねむった。タイガーも、くたくただった。そこでタッセによりそうと、妹のおなかに頭をのせ、ねむりこんだ。

目がさめると、からだじゅうがこわばり、冷《つめ》たかった。のびをすると、からだ全体がぽきぽき鳴った。タッセはまだねむっている。首があおむけになっていた。タイガーは起きあがり、草の中に、あたたかく湯気の立つおしっこをとばした。それから妹のところにもどり、鼻でつついた。

タイガーは、起きろ、とよびかけるように、声をかけた。

けれどもタッセはねむったままだ。タイガーは妹のからだをなめはじめた。頭からおなかに向かって、なめていく。それでもタッセは起きようとしない。タイガーは、きつく鼻でつついた。するとタッセはごろんところがり、足を四本とも、空に向けたままの姿勢《しせい》になった。

もう一度にゃあとよびかけたが、タッセは動かない。

タイガーは妹の横にすわりこみ、しんぼうづよく待った。ときどきにゃあにゃあとよびかけ、顔をなめてみる。それでもタッセは足を空に向けたまま、ぴくりとも動かなかった。

タイガーは長いあいだ、そんなふうにしてすわっていた。タッセが答えないので、もうよびかけるのはやめていた。やがてタイガーは、自分の鼻先を前足でこすった。それから心をきめて起きあがり、シルク母さんをさがすため、草の中をぬけていった。

3　危険《きけん》なけもの

タイガーはひとりぼっちだった。石ころや茂《しげ》みや切《き》り株《かぶ》をこえ、やがて広い原っぱに出た。太陽は低《ひく》く、赤く、山のはしにかかりかけていた。まるで、床《ゆか》にころがして遊んでもらった、赤い毛糸玉のようだ。

タイガーとタッセは、よく毛糸玉のとりっこをしてはとっ組みあいをした。ソファーの下や、窓《まど》ぎわのベンチの奥《おく》にころがしてしまったり、部屋じゅうに赤いクモの巣《す》をはりめぐらしたりして、人間たちを笑《わら》わせたものだった。

タイガーはおなかがすいて、弱っていた。足をはこぶのもやっとだ。おなかはからっぽだった。ときどき足をとめ、かれ草の先に光るしずくをなめた。

小鳥が一羽、頭の上をとんでいった。チャク、チャク、チャク、と鳥は鳴き、空に向かって舞《ま》いあがると、峰《みね》の向こうに姿《すがた》を消した。タイガーの目が、ゆっくりととじた。もう、くたくただ。少し休んでから、歩くことにしよう。

うとうとしかかったとき、はっとわれに返った。長く尾を引くうなり声が、地面をわたってきたのだ。タイガーはとびあがった。ぶるぶるっと首をふり、耳をうしろにぴたりと寝《ね》かせた。空中の音を聞きとる。が、あたりはしんとしていた。重くて不吉《ふきつ》な静《しず》けさだ。小鳥のさえずりひとつしない。

そのときまた、あの声がひびいた。タイガーは、うなじの毛をふるわせて、首を前につきだした。見はるかすかぎり、動くものはない。野原全体が、神経《しんけい》をはりめぐらせた、大きな耳のようだ。風さえぴたりとやんでいる。

タイガーは草の上に、へたりこんだ。からだがふるえる。こわいが、同時に好奇心《こうきしん》もわいてきた。そこでタイガーは、道を進みはじめた。あたりにゆだんなく目をくばりながら、しっぽをふりふり、しのび足で前進する。

野原をこえ、つづいて茂《しげ》みに入りこんだ。空気をふんふんかいでみる。かいだことのない危険《きけん》なにおいが、押《お》しよせてきた。ふり返ったとたん、タイガーはびくっとした。大きなけものが、道わきのやぶに、長くからだをのばしていたのだ。

タイガーはぴたりと足をとめた。ぴょんとはねると、一番手近な木に、矢のようにかけよった。そのまま幹《みき》をかけあがる。手に汗《あせ》にぎるすばやさだ。できるだけ高くのぼると、枝《えだ》のすきまから、用心深く下をのぞいた。

そいつは坂になった道で、どさりと横になっていた。大型《おおがた》の犬で、頭からしっぽまで、白地に黒のぶちがちらばっている。タイガーはいくらか強気になって、もう少し首をのばし、葉のあいだからのぞいた。犬は大きな白い頭をそらし、明るい色の目をほそめて、木の枝ごしにタイガーを見つめた。

二ひきはそうして、しばらくにらみあっていた。だが犬は顔をそらし、首にかかった引きひもをかじりはじめた。ひもは首輪《くびわ》につながっている。逆《ぎゃく》のはしは茂《しげ》みの中で、かん木《ぼく》にからまっていた。

犬が動けないことに気づいたタイガーは、少しだいたんになった。そこでさらに枝の先に出た。しばらくすると、勇気《ゆうき》をふるい起こして、木の幹をおりはじめた。しっぽを下に、ゆっくりと慎重《しんちょう》におりていく。ようやく、犬の前の地面におり立った。犬はタイガーに目もくれず、ひもをかじりつづけている。するどい歯が、まるでたっぷり肉のついた骨《ほね》をかじるように、ひもにくいこみ、食いちぎっていく。

タイガーはじゅうぶん距離《きょり》をおいて、腰《こし》をおろした。目は、よく動く犬のあごから、かたときもはなさない。しばらくして、犬が顔をあげ、あくびをした。大きく口がひらき、するどい歯が見えた。その歯は、口がとじると、がちっと音を立ててかみあった。タイガーは、足の先までふるえた。

暗くなってきた。犬は、ひもをかじるのをやめた。目をとじ、前足に頭をのせた。

夜が近づいていた。木々のりんかくがぼやけ、木《こ》の間《ま》の空気は濃《こ》い灰色《はいいろ》に変《か》わった。森全体がしっとりと落ち着き、小鳥も声をひそめた。犬はあいかわらず、前足に頭をのせたままだ。白っぽいからだが、闇《やみ》の中にうきあがって見える。

タイガーは犬を見はった。どうしても、目が犬の頭からはなれなかった。動けないとわかっていても、安心しきれないのだ。茂《しげ》みの中で、かさこそと音がする。タイガーは地面にぺたりと身をふせた。おなかはひもじさに荒《あ》れくるっている。

そのとき耳のそばで、するどい音がした。犬も目をあけ、首をあげて、闇をうかがった。長い赤茶色のものが、そばをすりぬけた。三角の顔ととがった鼻が、タイガーの目にうつった。茂《しげ》みから、ぷんと鼻をつくにおいがただよう。タイガーは地面にはりつき、身動きもできなかった。けものがすべるように近づいてくる。赤い舌《した》が、ちろりと口からのぞいた。

とたんにタイガーが動いた。ぴょんとひとつ大きくジャンプすると、わけもわからないうちに、犬の前足のあいだにとびこんでいたのだ。そしてぶちのある白い胸《むね》に、おびえたからだをすりよせた。頭の上で、犬が低《ひく》くうなった。

赤茶色のけものは、立ちどまってじっとしていた。しばらく待って、今夜は子ねこのごちそうにありつけないとさとったようだ。くるりと向きを変《か》えると、がさがさと茂みにもぐりこんだ。しっぽの先が、白く闇《やみ》にうかんだ。

犬はそれからも、しばらく身をかたくしていた。タイガーは、命のない荷物か何かのように、犬の足のあいだで、じっとしていた。犬の頭がかぶさってきた。あいた口から、タイガーに息があたる。ふたたびタイガーは目をつむり、首すじをがぶりとかまれるのを覚《かく》悟《ご》した。もうたたかう力もない。くたびれ、飢《う》えきっていた。タイガーは、目をとじたままで、待った。

とつぜんタイガーの頭をなでるものがあった。あたたかくぬれた舌《した》がなめてくれている。ゆっくりと念入《ねんい》りな動き。背中《せなか》から、おなかへ、また足先へ、舌は全身をなめていった。耳の中までなめられたときは、くすぐったかった。犬は、シルク母さんと同じように、からだをなめてきれいにしてくれているのだ。

タイガーは、からだをまるめた。目をとじる。太陽にぽかぽかてらされているように、ぬくもりがからだじゅうに広がる。のどがごろごろと鳴りはじめた。はじめは低《ひく》く、おずおずと。それからその音は、胸《むね》いっぱいにひびくほど大きくなった。犬はタイガーの背《せ》に頭をもたせかけると、目をとじた。音は小さくなり、やがて聞こえなくなった。まもなくタイガーは、大きな白い犬の前足のあいだで、ぐっすりとねむりこんだ。

4　自由の身

目がさめたとき、タイガーは口に、犬の乳首《ちくび》をくわえていた。犬はめすだったが、乳首はかさかさして、かたい。ミルクなど、ひとしずくも出そうにない。それでもタイガーはきつくくわえ、いっしょうけんめいにすってみた。まわりはまだ、灰色《はいいろ》の夜だ。犬はねむっている。タイガーもあくびをし、またねむった。

もう一度目をさましたときには、夜が明けていた。枝《えだ》ごしに太陽の光がさしこみ、木の葉を黄色にそめている。

犬は前足に頭をのせたまま、うつろな黄色の目で、タイガーを見ていた。タイガーが目ざめたのに気づくと、犬は鼻で子ねこをくいくいとつき、舌《した》でなめはじめた。それからごろりと横になったので、白いおなかにちらばる黒いはん点が、深い池のように波打った。犬の横腹《よこばら》には、長い傷《きず》あとがあった。おなかから太いのどもとまで、赤いすじになって走っている。

犬はしばらく、ねむったように目をとじていた。首輪《くびわ》につながるひもは、ボートをブイにつないでいるみたいだ。それから犬は、またひもをかみはじめた。ひもは茂《しげ》みにしっかりとからみついている。それはもう、半分以上《いじょう》かみちぎられていた。ときどき犬は、ちぎろうとして、ひもをぐいと強く引っぱる。からだに力が入り、ひももぴんとはりつめる。それでもまだ、切れなかった。

タイガーは犬ががんばるようすを見つめた。こんなに大きな犬を見るのは、はじめてだった。ぶちのある短い耳は、頭の横にたれさがっている。顔の毛は白く、目は黄色い。顔にもやはり小さなぶちがあった。

タイガーはおなかがすいて、だるかった。だから犬の横腹《よこばら》によりかかったまま、動かなかった。ときどきしなびた乳首《ちくび》を、すってみようとした。それでもしばらくすると、あきてきた。

晴れた静《しず》かな日だ。今太陽は白い小さな雲にかくれているが、ときどきまるい顔をだしてほほえみかけ、木《こ》の間《ま》ごしに長い光の腕《うで》をのばして、あたためてくれた。タイガーは、ごろごろのどをならした。もしもこんなにおなかがすいていなかったら、ねことしては最《さい》高《こう》の気分だったろう。

動きのにぶいジガバチが、ブンブンうなりながら頭のまわりをとんでいた。今にも顔にぶつかりそうだ。ひげがぴくぴくし、くしゃみがしたくなった。タイガーがくしゃみをすると、ハチはびっくりして姿《すがた》を消した。けれどもまたすぐにあらわれ、頭のまわりを何度も何度もとびまわった。

タイガーは前足でたたき落とそうとした。でもそんなことをしてはいけなかったのだ。ジガバチは腹《はら》を立てて、タイガーの足をさした。その痛《いた》さにタイガーはとびあがり、前足をぶらぶらさせて、あたりをはねまわった。ひどく悲しそうな声で泣《な》いたので、犬はひもをかむのをやめ、なぐさめるようになめてくれた。

太陽はゆっくりと空をわたっていった。タイガーはねむったり起きたりをくり返した。とつぜん犬のからだが、びくっとふるえた。とうとうひもをかみ切ったのだ。犬は立ちあがり、タイガーの上に、山のようにそびえた。今ではピンク色のぽつぽつがならぶ、おなかしか見えなかった。

犬はぶるぶるっとからだをふるわせた。自由の身になったのだ！

犬は頭をそらせ、森全体にひびくような声でほえた。それからおなかを上に向けて草に寝《ね》そべり、地面に背中《せなか》をこすりつけて、からだをくねらせた。それからふらふらゆれる。それからまたぱっと起きあがり、いきおいよくからだをふるわせ、毛と小枝《こえだ》を雲のように立ちのぼらせた。地面をふんふんかぎ、腰《こし》をおろすと、長い長いおしっこをした。それから森に足をふみ入れ、それきり帰らなかった。

タイガーには犬のゆく先が見えなかった。うろたえてにゃあにゃあ鳴いたあと、せいいっぱいの声でわめきながら、何歩か歩いた。足をとめ、耳をすまし、しっぽをまっすぐにして首をのばす。けれども聞こえるのは、木《こ》の間《ま》をわたる風の音と、鳥がするどく鳴く声だけだ。

とつぜんしっぽがぴんと立った。耳をそばだてる。遠くでかすかにほえ声がしたのだ。タイガーはやわらかい沼地《ぬまち》をこえて森の中に入った。すると目の前に水たまりがあった。犬がいた。大きなからだを冷《つめ》たい水だけでみたそうとするように、ただただのみつづけている。タイガーも鼻をつっこんで、何口かすいこんだ。それからぺたりと横になり、犬がのみおわるのを待ち受けた。

飢《う》えにせかされて、二ひきはさらに奥《おく》に進んだ。タイガーは息もたえだえで、あとをついていくのもやっとだった。犬はふり返り、待っていてくれた。はげますようにからだをなめてくれ、ついてこさせた。

けれども、とうとうタイガーは動けなくなった。岩のうしろにすわりこみ、立ちあがらなかった。犬に鼻先でつつかれても、もう一歩も進む気になれないのだった。犬はすぐ横に腰《こし》をおろし、しんぼうづよく待った。そのあと立ちあがり、森の中に消えた。タイガーは、そのことにさえ気づかなかった。

しばらくすると、犬はもどってきた。口に死んだネズミをくわえている。口から長いしっぽが、糸のようにぶらさがっていた。犬はタイガーの横にすわると、ネズミを食べはじめた。

タイガーは犬のおなかにもたれて、うとうとしていた。太陽はしずみ、地面から寒気がしみこんできた。犬のおなかが、低《ひく》くごろごろと鳴った。タイガーはからだをのばして、乳首《ちくび》をくわえ、すいはじめた。口をとがらせ、きつくすう。すると何かがのどにすべりこ

んできた。いきおいこんで、さらにすった。口の中がミルクでいっぱいになった！

あまくてあたたかいミルクが、のどから胃《い》へと流れこんでいく。犬は低《ひく》くうなり、タイガーがのみやすいように、向きを変《か》えた。ミルクがタイガーの口からこぼれ、草の上に白いもようをかいた。タイガーもからだを横にして、すいつづけた。

やがて乳首《ちくび》が、口からはなれた。タイガーはのびをして、草の上をごろごろころがった。おなかの中に、あたたかさと気持ちよさがあふれた。のどの奥《おく》で、ころころとたのしそうな音がする。

タイガーは、顔を洗《あら》いはじめた。まず足を念入《ねんい》りにきれいにする。おなかの下も忘《わす》れない。それがすむと、タイガーは犬の下にもぐりこんだ。目をとじて、しばらくごろごろいっていたが、やがてぐっすりとねむりこんだ。

5　川にそって

何日かがすぎた。人間にはスポットとよばれていたぶち犬と、タイガーは、森の中をさまよっていた。寒くなってきていた。風が木の葉をむしりとり、地面に追い立てた。かれ葉は足の下で、紙のようにかさこそと音を立てた。

タイガーはもう、りんご園の家に思いを残《のこ》さなかった。ただスポットのあとをついて歩いた。スポットは守ってくれ、おいしいミルクをほしいだけのませてくれた。

気《き》の毒《どく》なのはスポットのほうだった。スポットは、つねに飢《う》えにさいなまれていた。野ネズミやレミングなどの、ひと口でのみこめる小さな動物だけをとって食べるしかなかった。こんなえものでは、生きていくのがせいいっぱいで、飢えはみたされない。

たまには運のいいこともあった。ある日、カササギをつかまえたのだ。前足におさえこまれたカササギは、黒光りする羽根をばたばたさせて、もがいた。スポットは鳥の首すじに、一気にかみついた。鳥はしばらくぼろ布《ぬの》みたいに、口からだらりとぶらさがっていたが、ごくんとひとのみで、すぐに大きな口に消えていった。そのあとスポットは、食《た》べ残《のこ》りをさがして、あたりの地面をなめまわした。

つづいてスポットはごろりと横になり、足をうーんとのばして、いかにもおだやかな表《ひょう》情《じょう》をしたものだから、さっきのはみんな夢《ゆめ》だったのだろうか、とタイガーは思ったほどだった。それでも用心のために、しばらくはスポットから、はなれてすわっていた。

スポットは、狩《か》りの名人だった。シルク母さんでも、かなわないかもしれない。シルクはえものを食べる前に、しばらくもてあそんだものだった。前足でたたいて、何度もころがしてから、ようやく首すじに歯を立てて、息の根をとめるのだ。それからもたいていは食べもしないでほうっておく。そして夜になると、夜行性《やこうせい》のけものが、きれいにあとかたづけをしていった。

スポットは今もがりがりにやせていた。おなかの皮がだらりとたれ、はったお乳《ちち》にタイガーがすいつくと、おなかの奥《おく》でぐるぐる鳴る音が聞こえた。

タイガーは日に日にまるまると育っていった。栄養《えいよう》たっぷりのミルクのおかげで、毛づやもよくなった。タイガーは念入《ねんい》りに顔を洗《あら》った。前足につばをつけて、首すじにこすりつける。それからたっぷり時間をかけて、ていねいにおなかとわきの下をなめる。背中《せなか》は、スポットが手伝《てつだ》ってくれた。スポットになめてもらうあいだ、タイガーは気持ちよさそうに目をとじて、ごろごろのどを鳴らした。

あたたかい天気がもどった。冬が気を変《か》えて、古巣《ふるす》に帰っていったようだった。毎日晴れた日がつづいて、地面があたたまり、寝《ね》そべるといい気持ちだ。スポットは、夜にそなえて、茂《しげ》みの中や木の下など、風のあたらない場所をさがした。太陽がしずむと、こけのじゅうたんの下から寒気がのぼってきた。そうすると二ひきはからだをぴったりとよせあい、たがいにあたためあうのだった。

ある日二ひきは大きな川にいきあたった。タイガーは、こんなにたくさん水が流れているのを見るのは、はじめてだった。見わたすかぎり、音を立て、きらきらかがやきながら、くねり流れる水の帯《おび》だ。

二ひきは川岸を歩いた。水のせせらぎを聞くと、頭がぼうっとしてくる。音は高くなったり低《ひく》くなったりした。あるときは、岩間に立ちのぼる、とどろくような大笑《おおわら》いだったり、あるときは、こそこそと秘密《ひみつ》のささやき声だったり、かと思えば急にわめきだし、岸辺《きしべ》に強くぶちあたり、タイガーとスポットに水しぶきを浴《あ》びせかけるのだった。

タイガーはそれが気にくわなかった。だが、スポットは川にふみこんだ。ばしゃばしゃ歩きまわると、しぶきがいきおいよく川岸の小枝《こえだ》にあたった。小枝ははずみで川に落ち、流されていった。しっぽがふるえ、前足が黒い水をたたいたあとに、白い泡《あわ》が立った。

タイガーは川岸に背《せ》をまるめてすわり、スポットを目で追った。スポットは二、三度大きくジャンプして、向こう岸にわたった。そして茂《しげ》みの奥《おく》へと消えた。

タイガーは岸をうろうろかけまわり、自分にもわたれるような、はばのせまい場所はないかとさがした。できるだけ大声で、にゃあにゃあとよびかける。けれどもその声は、とどろく流れの音にかき消された。

やがてスポットが姿《すがた》をあらわし、目でタイガーをさがした。見つけると、ぴょんととびこみ、そのままざぶざぶ川をわたってきた。タイガーは、それはそれはうれしかったので、スポットがからだをふるって、水しぶきをいっぱい浴びせかけても、気にならなかった。

それからまた、二ひきは岸辺ぞいに進んだ。ときに道はけわしく、岩だらけなので、大まわりしないと通れないこともあった。それでもスポットは、いつも川すじにもどってきた。川が道案内《みちあんない》をしてくれると思っているようだった。

今では流れは、落ち着いてきていた。水は、岸辺《きしべ》に生《お》い茂《しげ》るアシを洗《あら》って、こそこそささやくだけだった。とつぜんスポットが立ちどまり、しっぽをぴんとあげて、かまえた。タイガーは、横にならんだ。

前に広がるのは、草の茂る平原だ。川はそこで広がり、湖になっていた。人間の男がひとり、つりをしていた。大きく弧《こ》をえがいて、つりざおをふりまわしている。空中で何かがきらりと光り、ぽちゃんと水に落ちた。人間はしばらく立ったままで、待った。それからつり糸を引きあげ、ふたたび水面に投げた。

急に人間が、水の中に何歩かふみこんだ。ふんばっているようだ。さおがしなり、人間の手の中でふるえている。人間はリールをまいた。すると水の中から、うろこを光らせた魚が、ぴちぴちはねながらあらわれた。スポットとタイガーの目の前で、空中にぶらさがり、はげしくしっぽをふっている。

人間は魚を針《はり》からはずすと、おかにあがり、石の上において頭をなぐった。それから魚を新聞にのせ、火を起こしはじめた。黒くて濃《こ》い煙《けむり》が、もくもくとあがった。人間はひざと手をついて、たき火をふうふう吹《ふ》いた。すすまみれのたきぎから、炎《ほのお》がちろちろあがりはじめた。人間はケトルを水でみたし、袋《ふくろ》から何かをだして入れると、棒《ぼう》にケトルをかけて、火の上にぶらさげた。

スポットはふせて、湖岸の動きをゆだんなく見はっていた。タイガーもその横にぺたりと腹《はら》ばいになり、ほとんど身動きしなかった。二ひきのからだは、茂《しげ》みのうしろにかくれていた。人間はリュックをかきまわし、ランチボックスをだした。それから切《き》り株《かぶ》に腰《こし》をおろし、食事をはじめた。

タイガーには、スポットがからだをふるわせるのが見えた。口からだらだらよだれが流れ、目の前の草に落ちている。目は、人間のうしろにおかれた新聞紙の魚にくぎづけだ。魚が一、二度、はねた。スポットの舌《した》が、半びらきの口からたれさがっている。鼻の穴《あな》が、ぴくぴくふるえる。

人間は、食事をしながら、引きこまれるように水面を見つめている。こわそうには見えない。タイガーが茂みからはいだした。人間はまだ湖を見ている。タイガーは人間から数歩はなれたところに腰《こし》をおろし、愛想《あいそ》よくにゃあと鳴いた。

人間は目をあげ、タイガーを見た。びっくりしてランチボックスを草の上において、子ねこを見つめた。そして口の中でいった。

「な、なんだこりゃ。こんな森の奥《おく》で、子ねこが何をしてるんだ？」

人間は、飼《か》い主《ぬし》が近くにいるのではないかというように、あたりを見まわした。それから、手をのばしてタイガーをよびよせた。

「おいで、ちび。」

タイガーはもったいをつけた。わざとはなれた場所にすわり、人間に近づかなかったのだ。人間はサンドイッチを少しちぎり、子ねこにさしだした。タイガーはおずおずと近づき、手のにおいをかいだ。それから用心しいしいパンのかけらをなめた。首をちょいとかしげ、見るからにかわいいようすをして見せる。そのあいだに、スポットの白い、大きいからだが、草地をぬけて、こっそりと人間のうしろにしのびよっていた。

タイガーはパンのかけらをなめてしまい、おとなしく人間の腕《うで》にだかれた。そして耳にとどくほど、ごろごろいった。人間は小声で話しかけ、やさしく背中《せなか》をなでてくれた。スポットは、あと少しで新聞にとどく。タイガーはもっとごろごろいい、大きな緑の目で、人間を見つめた。

そのときスポットがとびかかった。大きくジャンプすると、新聞紙におそいかかった。魚をしっかりとくわえ、そのまま森に向かって走った。人間がおどろいてふり返った。タイガーはもがいて腕《うで》からのがれると、スポットを追って、いちもくさん。人間が大声でわめいた。たき火からたきぎを一本ぬいて、スポットとタイガーめがけ、ほうり投げた。たきぎは地面で、ぶすぶすとくすぶった。

二ひきは命がけで走った。スポットは魚をくわえたままで。そのあとをタイガーがけんめいに追いかけた。ようやくスポットは、気をゆるめた。そしてすわりこんで、魚にかぶりついた。骨《ほね》一本残《のこ》さずにたいらげると、スポットはまんぞくそうに、口のまわりをぺろぺろなめた。

それから起きあがって、タイガーに歩みよった。魚のにおいのする鼻づらでつつき、タイガーを草の上にころがすと、前足ではさみ、そっとかんだ。そしてごろりと横になり、タイガーがミルクをのめるようにと、おなかを見せたのだった。

6　たたかい

ふとった魚のおかげで、スポットは生きのびることができた。あとは小さな生き物をつかまえるだけで、しばらくやっていけた。スポットが狩《か》りのために森に姿《すがた》を消しても、タイガーは心配しなくなった。今ではなれたものだ。スポットがもどるのがわかっているから、寝《ね》そべって待てばよかった。

けれどもしばらくすると、飢《う》えに追い立てられるように、森を出て、町へ、人間のいるところへ向かうしかなかった。少なくとも、そこには食べ物がある。ソーセージや魚や骨《ほね》や、おいしいものが入った箱なんかが見つかる。人間の家は、大きなえさ箱みたいなものだ。人間たちは、食べきれなかったごちそうを、家の外のゴミ箱にすてるから。

スポットとタイガーは川をはなれ、森のはずれに向かった。

葉の落ちた森を、二ひきは一日じゅう歩いた。とぼとぼと木々のあいだをぬけ、じっとりとぬれたマントのような毛皮のまま、横になる。タイガーはこごえ、足がいたんだ。おなかもすいていた。スポットには足をとめるよゆうがなく、休むことも、ミルクをもらうこともできなかったからだ。

夜になって、道路にたどりついた。スポットは道ばたにすわりこみ、右に左に通りすぎる車をながめた。車はおそろしい音を立てながら、ぎらぎらと黄色い目を光らせ、霧《きり》の中からあらわれる。そしてすぐまた闇《やみ》に姿《すがた》を消してしまう。

タイガーはスポットのおなかの下にくっついた。そして乳首《ちくび》にすいつき、ミルクをのんだ。おなかがいっぱいになって満足《まんぞく》したタイガーは、そのままうとうとした。近づいたり遠のいたりする車の音が、ねむりをさそい、ついでに夢《ゆめ》の中に入りこんだ。タイガーは、飼《か》われていた家の人たちが、いつも床《ゆか》をころがしていた、うなる大きなけものの夢を見た。その大きな口に食われ、細いけれど何でものみこんでしまうのどにすいこまれないよう、いつもソファーのうしろにかくれたものだった。

車の数がへり、少し静《しず》かになった。スポットは立ちあがり、歩きだした。道路はがらんと、すいていた。ときどき仲間《なかま》からはぐれた車が、ひとりでやってくる。するとスポットとタイガーは、あわてて茂《しげ》みにとびこみ、車がいってしまうまで、じっと待つのだった。

はじめ二ひきは道路のはしを歩いていたが、少しするとだいたんになって、真ん中に出た。たまに車が走ってきて、ライトでてらしだしても、スポットはもう、気にしなかった。大きな犬と小さな子ねこのからだは、一瞬《いっしゅん》あふれる光のシャワーを浴《あ》びるが、またあっというまに、闇《やみ》にのみこまれるのだった。

道路のカーブを曲がると、目の前に町が姿《すがた》をあらわした。霧《きり》にかすんで、明かりが広がっている。スポットは、はじめて目に入った家に近づいた。道路から少し、はずれて建《た》っている。必死《ひっし》になってにおいをかぎ、門扉《もんぴ》の前のゴミ用コンテナをつきとめた。

スポットは、とびのってふたを鼻で押《お》し、とっての下に鼻をねじこんでみた。それからふたを歯でくわえ、全身の力をこめて、押してもみた。それでもふたは、びくともしない。またとびおりて、今度は前足で空気ぬきの格子《こうし》をあけようとした。つぎに全身の重みをかけて、どっしりと重いコンテナをひっくり返そうとやってみた。食べ物のにおいはする。だからけんめいに押すのだが、コンテナは、まるで地面に根が生えたように、がんとして動かない。

もうあきらめるしかなかった。スポットは前足で、最後《さいご》にパンチをみまった。それから向きを変《か》え、少しはなれたとなりの家に向かって、歩きはじめた。タイガーもあとにつづいた。よく茂《しげ》った生《い》け垣《がき》の向こうに、はちきれそうなゴミバケツがあった。

スポットは、すぐさまバケツをあけにかかった。ありとあらゆる手を使ってためしたが、ふたはあいてくれない。前足で押《お》したりついたりしてみる。タイガーもまねをして、押した。ゴミバケツはかたむき、大きな音を立てて、たおれた。ふたがあいた。スポットは前足で、中身をかきだした。古くなったパンくずをのみくだし、あきかんやあき箱に鼻をつっこんだ。タイガーは別《べつ》におなかがすいていなかったが、まねしてにおいをかいだ。スポットのミルクに似《に》た白いものをなめさえしたが、半分もおいしくなかった。

スポットはゴミバケツに体あたりした。バケツはころがり、ふたがきいきい鳴った。とたんに家に明かりがともった。窓《まど》がひらき、顔がのぞいた。おこった声がどなりつけた。

スポットは、窓を見あげた。

「しっ、あっちへいけ!」

声がした。人間の男が窓からのりだし、こぶしをつきつけた。スポットは、一瞬《いっしゅん》だけ身をかたくした。それから相手にはかまわず、ゴミ山をほり返しつづけた。男はさらに腕《うで》をふりまわし、わめいた。そして窓《まど》は、がしゃんとしまった。

スポットは大きな骨《ほね》を見つけた。そして芝生《しばふ》にすわりこむと、いっしょうけんめいにかじりだした。

とつぜん、家の中から、うるさいほえ声が聞こえた。スポットは目をあげた。玄関《げんかん》のドアがあき、黒い犬が口を大きくあけて、階段《かいだん》をかけおりてきた。そいつはスポットの数メートル前で足をとめ、口のまわりに泡《あわ》が立つほどぎゃんぎゃんほえた。スポットは骨を口からはなし、いきおいよく立ちあがった。

二ひきの犬は、ほぼ同じ大きさだった。一ぴきは白で、一ぴきは黒。二ひきは、はりつめたからだをぶるぶるふるわせながら、目をいからせてにらみあった。

「うちの庭から出ていけ!」黒犬はのどの奥《おく》から、相手に向かってそういう意味のうなり声をしぼりだした。

「かかっておいで!」とばかりに、スポットはうなり返した。見るからにおそろしげに。黒犬はひるんだが、そのとき中から声がした。

「やっつけろ、レックス。やってしまえ！」

それが合図のように、レックスはスポットに、正面からとびかかった。するどいキバが、首すじにくいこんだ。スポットは敵《てき》をふりはらい、あごをふるわせ、相手の鼻づらにかみついた。二ひきはかみつきあったまま、ゴミの中をころがりまわった。

タイガーは身動きもできない。まるで巨大《きょだい》なけだもののようにひとつにからみあった二ひきの犬が、身をよじったり曲げたりするさまを、ただただ見つめているだけだ。スポットが上になるかと思えば、つぎにはレックスが優勢《ゆうせい》になったりする。

レックスはスポットのしりにかみついた。スポットはあおむけになり、足四本を全部つかって、めちゃくちゃにけりつけた。レックスはしりもちをついた。スポットは姿勢《しせい》をもどそうとしたが、起きあがる前に、レックスに背中《せなか》をおさえられた。レックスは、自分が勝ったと思いこんで、勝利《しょうり》のおたけびをあげた。それがまちがいだった。

つぎの瞬間《しゅんかん》スポットは身をよじり、相手のしっぽにかみついた。黒犬は痛《いた》みに悲鳴をあげ、相手をふりはなそうと、数歩しりぞいた。ところがスポットははなれない。レックスは首をもたげ、敵にかみつこうとしたが、とどかなかった。レックスはたたらをふんだ。

そしてへたへたと、ゴミ山にくずおれた。スポットはしっぽをはなし、前足を石のように強く、レックスの首にたたきこんだ。背骨《せぼね》が悲鳴をあげるほどの強さだった。

スポットはのしかかったままで、こうさんしろとせまった。レックスは組みふせられたままだ。耳はちぎれそうになり、血が出ている。たたかう気は失《う》せたようだ。

スポットはからだをはなし、足をふんばって、敵《てき》をにらみつけた。レックスは血を流しながら起きあがり、しょんぼりと家の裏手《うらて》に姿《すがた》を消した。スポットは意気ようようと鼻をあげ、声高く鳴いた。

家からどなり声がした。人間の男は玄関《げんかん》でけんかを見ていたのだ。

「こらっ、出てこい、レックス！」

男はよんだ。けれどもレックスは、庭の茂《しげ》みにかくれたまま、はずかしさにちぢこまって傷《きず》あとをなめるだけで、出てこようとしなかった。

スポットは口に骨《ほね》をくわえ、ゆうゆうと庭を出た。タイガーは、やぶれた敵に、最後《さいご》にちらりと目をやった。それからしっぽをぴんと立て、ぴょこぴょこあとをついていった。

スポットも大きな打撃《だげき》を受けていた。レックスがするどい歯で全身に残《のこ》した傷からは血がにじみ、足の一本は、痛《いた》くてうまく動かせない。首輪《くびわ》は糸一本でつながっているだけだ。

二ひきは森に入り、うっそうとしたモミの木の下に、かくれ場を見つけた。スポットは傷《きず》をなめた。たたかいのあとがなまなましい。鼻からは、血がぽたぽたたれている。息をすると、ずうずう音がした。傷をなめおわると、スポットは残《のこ》りの骨《ほね》を食べおえた。それからまるまり、前足に頭をのせて、ねむりについた。

タイガーは寝《ね》そべったまま、夜に目をこらした。今夜は自分が、見はりをする番だ。スポットに目を向ける。目の上にかかる葉の影《かげ》のせいで、片《かた》ほうしか目がないように見えた。

タイガーは足をのばすと、心地よいふるえがからだを走るのを感じた。

育ての母親の、勇《いさ》ましいてがらが、ほこらしかった。

7 雪の中の小さな家

けんかのあと、スポットがもとの調子をとりもどすまでに、数日かかった。二ひきは、とある木の下に落ち着いた。スポットは一日じゅうほとんどねむっていた。寒さはさらにきびしくなった。

タイガーは、何度かひとり歩きしてみた。

日が出ると、森はけっこうすごしやすい。木々はもう、すべて葉を落とした。そしてはだかの枝《えだ》で、タイガーにおいでおいでと合図した。草はかっ色に変《か》わり、ぱりぱりにかわいていた。茂《しげ》みに日がさすと、露《つゆ》のしずくがきらきらきらめいて、何千もの青い真珠《しんじゅ》をちりばめた、銀のあみがかかっているようだ。すばらしい見ものだった。枝やかれ葉の下をのぞきこむと、小さな生き物たちがちりぢりに走ったりとんだりするようすが見えた。

木の上には、鳥たちがいた。全身に歌声をみなぎらせ、枝のあいだをとびわたる小鳥たちが、タイガーは好《す》きだった。だが、声もださずに枝《えだ》にとまり、闇《やみ》をにらみつけている大《おお》型《がた》の夜行の鳥はおそろしかった。森に夜がおとずれると、タイガーはスポットからはなれないようにした。そしてすぐそばに寝《ね》そべり、木々のあいだでかさこそいう音に耳をすました。ときどき、何かが近くにひそんで見はってでもいるような、深いため息が聞こえたりした。

けんかから数日たった午後、雪がふりだした。白くて、ひらひらするものが、空中を舞《ま》いだしたのだ。タイガーは、こんなに不思議《ふしぎ》な光景《こうけい》を見るのははじめてだった。その白いものをつかまえてみようとしたが、ようやくつかまえても、すぐにとけてしまい、足にぬれたあとを残《のこ》すだけだった。

スポットは、雪を見て、迷惑《めいわく》そうだった。どんなときも、一番気にかかるのは、食べ物のことだ。けれどもタイガーは、空からふってくる新しい遊びに夢中《むちゅう》だった。雪ひらに向かってダッシュしては、つかまえようととびあがった。

雪は夜じゅうふりつづき、朝がきたときには、地面は真っ白だった。木々は白い着物にくるまれ、世界じゅうに大きいシーツがかぶさっていた。スポットは、長い足をうんとのばした。そして低《ひく》くうなった。

二ひきは白いカーペットをふんで、歩きはじめた。スポットの足は、一歩ごとに雪にうまった。ときどき大きくジャンプしては、足でけって雪けむりを立てた。タイガーは、スポットのあけた穴《あな》に落ちないように、用心深くつづいた。雪はもう、やんでいた。天と地がひとつになったようだった。スポットは、ひと足ずつ進んでいった。タイガーは、ぬれてこごえた。足先に雪がかたまってつき、歩きにくい。

そのとき、白い世界に明かりが見えた。二ひきは近づいた。明かりは、小さい家からさしていた。雪のつもった小山にほとんどかくれているが、それでも窓《まど》からもれて雪をてらしだす明かりを、二ひきはたしかに目にした。

二ひきは少しはなれたところにすわりこみ、家を観察《かんさつ》した。中には食べ物があると、わかっていた。そのときタイガーが、みょうなものを見つけた。雪の小山の上から、雪けむりの雲があらわれたのだ。雲はもりあがったと思うと、二ひきに向かって小山を落ちてくる。それが何度もくり返された。タイガーの身の内がふるえた。

タイガーは小山に向かってかけあがり、身がまえた。雲が空中にうきあがる。タイガーはジャンプすると、前足を高くふりあげた。だがあおむけに落ちて、ころがりはじめた。ごろごろ、ごろごろ。ようやく雪の中の、かたくて冷《つめ》たいものにぶつかってとまった。

タイガーは、わけがわからないまま起きあがり、あたりを見まわした。人間の男の子が、シャベルを手に、立っている。男の子は青白い、そばかすだらけの顔をして、帽子《ぼうし》を目の上まで引きおろしてかぶっていた。その子は、雪の中をころがり落ちてきた子ねこを、不《ふ》思議《しぎ》そうに見ていたが、急に大声でさけんだ。

「おじいちゃん、おじいちゃん、ちょっときて！」

タイガーは、どうすればいいか、わからなかった。だからうずくまったまま、男の子をにらんでいた。別《べつ》の人間が、近づいてきた。男の子は、ふたたびさけんだ。

「おじいちゃん、見て。ねこだよ。シャベルに落っこちてきたんだ。」

男の子はひざをつき、タイガーに手をさしのべた。おじいさんも、かがみこんだ。そしてやさしい声をかけた。

「おまえ、どこからきたんだい、ちびさん。雪の王子様か、何かかな？」

そのとき何かの気配に、ふたりの人間はそろって目をあげた。小山の上に、スポットがのっそりと立ちあがっていた。胸《むね》がぶるぶるふるえている。たくましい筋肉《きんにく》がはりつめているのだ。スポットはくちびるをまくりあげて、歯をむきだした。低《ひく》いうなり声がもれる。人間たちはぎょっとして立ちあがった。おじいさんが男の子をうしろにかばった。ふたりが目をこらすと、犬は黄色いしまの子ねこの頭ごしに、人間をにらんでいるのだった。

「子ねこを守ってるんだ。」

男の子がささやいた。おじいさんは落ち着いた声で、語りかけはじめた。

「よしよし。ねこには何もしないよ。いい子のわんちゃんだ。」

やさしい声が、スポットをなごませた。スポットは、うなるのをやめた。おじいさんはうずくまって、タイガーに手をのばした。つぎにスポットと、しっかり目をあわせた。

タイガーは、さしのべられた手に、何歩か近づいた。するとあたたかい手が、からだをなでてくれた。タイガーは、低くごろごろいった。おじいさんは、ゆっくりとタイガーをだきあげた。そして胸にだきよせて、やさしくなでたりさすったりしてやった。

「おなかがすいてるのかい、にゃんこや。ミルクがほしいか？」

おじいさんはそういうと、子ねこをだいたまま、ゆっくりと家に向かってあとずさりした。そうしながらも、スポットからは目をはなさなかった。

　スポットは、考えにふけるような顔で、そのままそこにいた。しばらくすると小山をとことこくだり、おじいさんについて、家に向かった。男の子が先に立って、ドアをあけた。入ったところは、白い台所だった。おじいさんはタイガーを床《ゆか》におろし、戸だなに向かった。ミルクのパックをだし、ボウルに少しそそいだ。それをタイガーの前においた。スポットは戸口で目を光らせながら、おじいさんの動きをずっと目で追っている。

　タイガーはミルクに口をつけないで、すわっていた。男の子は、期待にみちた顔をして待っている。指をミルクに入れ、その指をタイガーの鼻先に持っていった。

「ほら、おいで。おいしいミルクだ。うまうまだよ。」

　けれどもタイガーはすわったままで、ミルクに近づこうとしない。そしてスポットをふり返った。

「この子は、犬もえさをもらうまで、のまないつもりなんだ。」

と男の子がいった。

　おじいさんは、また戸だなをあけて、白い箱をとりだした。お皿をだして、箱の中身をその中にあけた。それからお皿を、タイガーのボウルのすぐ横においた。スポットの鼻がぴくぴくふるえた。

スポットは、家の中に何歩かふみこんだ。足をとめ、おじいさんを見あげる。おじいさんがうなずくと、首をのばして、茶色のソーセージを、用心深くかいでみた。それから一本の先をぱくりとくわえ、がつがつとのみこんだ。あっというまに、皿は空になった。スポットは鼻で皿をころがし、台所のベンチの下まで押《お》していった。

「ずいぶん腹《はら》ぺこなんだな。」

おじいさんはいった。

男の子はベンチの下にもぐりこみ、皿をとってきた。おじいさんは、皿にもう少しソーセージをもってやった。スポットは、これまで食べ物を見たことがないように、必死《ひっし》に食べたので、おじいさんはまたもや、おかわりを入れてやらなければならなかった。

ようやくタイガーも、ミルクをのみはじめた。そしてボウルのミルクをひとしずくも残《のこ》さずにのんでしまい、口のまわりをなめた。

「見た、おじいちゃん？　二ひきは友だちで、かばいあっているんだよ。」

男の子はそういうと、かがんでタイガーをだきあげた。おじいさんはスポットに、やさしい声で話しかけていた。おじいさんが手をのばして、頭をなでようとすると、スポットは警戒《けいかい》するようににらんだ。それでもおとなしくなでさせた。それから首をねじって向きを変《か》えると、今度はおじいさんの手をなめにいった。

おじいさんはスポットのからだを、しっぽまでなでさすりながら、注意深く調べた。

「この犬は、めすだ。仲間《なかま》げんかでもしたようだな。からだじゅう、傷《きず》だらけだ。」

それからこうもいった。

「首輪《くびわ》もない。飼《か》い主《ぬし》はだれなんだろう？」

「逃《に》げだしてきたんじゃないの？」

男の子はタイガーをだいたまま、おじいさんの横にすわって、いった。そして、つづけた。

「うちで飼ってやったら、いけない？　この子たちには、すむ家がいるよ。すごくおなかをすかせてる。きっと何日も食べてないんだ。」

「考えとこう。」

おじいさんはいった。

「どこかに飼《か》い主《ぬし》がいて、帰るのを待っているだろうよ。でも、うちでねぐらくらいは用意してやるか。安心してねむれる場所がないとな。」

男の子とおじいさんは毛布《もうふ》を何枚《なんまい》かだしてきて、台所のベンチ下に、やわらかくてあたたかいベッドをつくってやった。スポットとタイガーは、そんなふたりを目で追っていた。

「さあ、これで、ゆっくりねむれるぞ。」

とおじいさんがいった。

スポットは毛布にのると、その場で何度かぐるぐるまわってから、からだをまるめた。

タイガーはいつものように、スポットの前足のあいだにとびこんだ。あたたかくて、おなかもいっぱいだ。タイガーのまぶたが重くなった。

「おやすみ、大きい犬と子ねこちゃん。」

男の子はそういうと、明かりを消し、ドアをしめた。

8　平和な日々

平和な日々がつづいた。もうえさをさがして、さまようこともない。毎日同じ時間に、スポットの前に皿にのった食べ物があらわれる。スポットは食事のおかげで、まるまると健康《けんこう》になっていった。

タイガーは、小さいボウルに食べ物を入れてもらった。これまでに食べたこともない、めずらしいおいしいものがいっぱいだった。一番好《す》きなのは、魚のプディングだ。魚のプディングが出ると、タイガーはおなかがはちきれるほど食べ、そのまま毛布《もうふ》にまるまってねむってしまうのだった。

タイガーとスポットは、この家の、クリスチャンという名前の男の子と散歩《さんぽ》に出るのが大好《だいす》きだった。スポットは、大きく小さくジャンプしては、男の子の前やうしろを進んでいく。タイガーがくたびれると、クリスチャンがだきあげて、上着の中に入れてくれた。

タイガーは上着の中におさまり、ジッパーのあいだから外をのぞいた。

おじいさんとクリスチャンは、茶色の家にふたりだけで暮《く》らしていた。おじいさんは歩くのが不自由《ふじゆう》だった。足を引きずるので、外まで新聞をとりにいくときは、つえがいった。最初《さいしょ》のうち、スポットは玄関《げんかん》にすわって見ているだけだったが、そのうちに郵便受《ゆうびんう》けまでついていくようになった。おじいさんは郵便受けをあけて、新聞をとりだし、スポットにわたす。するとスポットが、家まで新聞をはこんだ。何度かくり返すと、スポットは郵便受けのあけ方をおぼえた。

何日かすぎるころには、おじいさんはこおってつるつるの道を、玄関まで歩かなくてもすむようになった。ドアをあけるなり、スポットがとびだし、新聞をとりだすと、とんで帰って、おじいさんの足もとにおいてくれるのだった。

毎朝クリスチャンは学校にいき、スポットとタイガーとおじいさんが家に残《のこ》された。ときどきひとりと二ひきは、スーパーマーケットに買い物にいく。おじいさんはスポットの首になわをつける。それからみんなでならんで、歩いていく。スポットは店の外につながれ、タイガーは雪の山にのっかり、店のドアを見はる。

そうして何日もすぎた。スポットは、おじいさんのいすの前におっとりと寝《ね》そべり、おじいさんが新聞を読むあいだうたたねできて、ごくらくだと思っていた。けれどもタイガーはたいくつだった。スポットに体あたりして、遊ぼうとさそうのだが、押《お》しのけられてしまう。スポットときたら、白い頭を前足にのせ、新聞を読むおじいさんの声に、聞きいっているのだ。

タイガーは、クリスチャンが学校から帰るのを、しんぼうづよく待った。クリスチャンなら、よろこんで遊んでくれるからだ。ふたりは床《ゆか》をごろごろころがりまわり、とっ組みあった。クリスチャンはつかまえようとするが、タイガーにつかまる気はなくて、のがれようとあばれ、抵抗《ていこう》する。この遊びは、ふたりとも大好《だいす》きだった。クリスチャンが台所のテーブルにつき、ため息をつきながら通学かばんから教科書をとりだすまで、遊びはつづいた。クリスチャンがそうすると、もうじゃましてはいけないのだと、タイガーにはわかった。

茶色の家では、こんなふうにいく日もいく晩《ばん》もが、すぎていった。くる日もくる日も、ほとんど変《か》わりがなかった。毎日がたのしかった。おじいさんは、店の外のポールにビラをはりつけたが、スポットとタイガーについて問いあわせてくる人はひとりもいなかった。二ひきは、この家に落ち着くようになっていた。

クリスチャンは、夜はたいてい家にいた。ときどき女の子と学校から帰ってくることもあった。その子はターニャといった。髪《かみ》の毛《け》は長くて黒く、三《み》つ編《あ》みのおさげにしてまとめ、腰《こし》のあたりまでさげていた。

クリスチャンとならんで、部屋のベッドに腰かけているとき、ターニャはそのおさげを、タイガーの目の前でふった。するとタイガーはうしろ足でとびあがり、前足でおさげをつかまえようとした。うまくつかまえると、ゆれるおさげにしがみついてぶらんこすることもあり、ターニャは悲鳴をあげて、ふり落とそうとするのだった。スポットはというと、目を半ばとじて、ベッドの前でうとうとしていた。

ターニャはタイガーとの遊びにあきると、クリスチャンの絵はがきコレクションをながめた。クリスチャンは、くつ箱いっぱいに絵はがきをためこんでいた。世界じゅうの絵はがきがあった。一番すばらしいのは中国のもので、裏《うら》にはちゃんと中国の文字が書いてあった。写真は、黄色い水をたたえた大きな川を、黒い帆《ほ》の船が進んでいくところだった。

「これは黄河《こうが》だよ。ホワン・ホーって発音するんだ。」

クリスチャンは夢《ゆめ》見るようにいいながら、ぴかぴかの写真を指でなぞった。

「大人になったら、ぼくもこんな船で、ホワン・ホーをくだるんだ。」

スポットは起きあがってすわりなおし、うしろ足でがしがしと耳のうしろをかいた。散《さん》歩《ぽ》にいきたくなったのだ。スポットは、大きな頭をクリスチャンの腕《うで》にもたせかけ、うったえるような目を向けた。

クリスチャンは、その頭をなでてやった。

「世界一いい犬の目と同じ、黄色い色の川なんだ。」

クリスチャンはいった。

「そうだ、おまえのこと、黄河の名前をとって、ホワンとよぼう。」

するとターニャは、タイガーを高くだきあげて、こういった。

「そしておまえは、みいちゃんよ。」

そしてかっ色の肌《はだ》によくあう真っ白な歯を見せて、笑《わら》ったのだった。

9　かわいそうなクリスチャン

ある日クリスチャンは、いつもの時間に学校から帰らなかった。おじいさんは不自由《ふじゆう》な足で台所の窓《まど》まで歩いていき、孫《まご》の姿《すがた》をさがして目をこらした。

「いったいどこにいったんだろうね。」

おじいさんは、戸口のいつもの場所にすわりこむスポットに、心配そうに声をかけた。スポットも、クリスチャンを待っていたのだ。

「いつもなら、学校からまっすぐに帰ってくるのになあ。」

タイガーは窓がまちにとびあがり、植木鉢《うえきばち》のすきまから、外をのぞいた。

しばらくして、門のあく音が聞こえた。おじいさんは急いで玄関《げんかん》に出て、ドアをあけた。スポットは外にとびだした。クリスチャンが郵便《ゆうびん》受けのそばに立っていた。鼻から血を流している。血のすじはマフラーを伝《つた》い、青いジャケットにまでたれていた。

スポットは心配そうに、クリスチャンのまわりをうろうろして、けんめいにおしりをふった。クリスチャンはすわりこみ、スポットの首に顔をうめた。黒いはん点に、赤いぽつぽつがまじった。

おじいさんが玄関《げんかん》から出てきた。

「何があったんだね？」

おじいさんは気がかりそうに声をかけた。

クリスチャンは立ちあがり、ゆっくりと家に向かって歩いた。

「ころんだだけ。」

とクリスチャンはいったが、目はおじいさんを見ていない。そでで鼻をこすると、ほおから耳まで、赤いすじが二本できた。

おじいさんはクリスチャンを台所につれていき、マフラーをとり、ジャケットをぬがせた。それからクリスチャンのあごに手をかけて、血だらけの顔を念入《ねんい》りに調べた。

クリスチャンはいすにたおれこみ、苦しそうに鼻から息をはいた。おじいさんはボウルに水を入れ、タオルで顔についた血をぬぐいとりはじめた。

「何があったかいいなさい。」

とおじいさんはいった。

クリスチャンはもぐもぐとつぶやいた。言葉はタオルにすいこまれて消えた。

おじいさんはタオルをはずし、ボウルにもどした。水の上に赤い輪《わ》が広がった。

「学校の階段《かいだん》でつまずいたんだ。」

クリスチャンはいった。からだ全体をぶるぶるとふるわせ、そばかすのあいだに、涙《なみだ》がいくすじも流れていた。おじいさんは孫《まご》の顔をじっと見た。

「帽子《ぼうし》はどこにやったんだ？」

おじいさんは静《しず》かな声でたずねた。

「ころんだときに、なくした。」

クリスチャンはささやいた。

おじいさんはクリスチャンに腕《うで》をまわし、ぎゅっと力をこめた。ふたりはぴったりならんで、ソファーにすわった。タイガーは背《せ》もたれにとびあがり、おじいさんの肩《かた》の横で小さくなった。おじいさんは手をうしろにのばし、タイガーの首すじをつかんだ。そして子ねこを、クリスチャンにだかせた。

　ふたりは長いあいだ、何もいわずにすわっていた。クリスチャンの指は、子ねこをなでている。頭から背中《せなか》へ、背中から頭へ。おかげで、ねこの毛が綿《わた》のように指のあいだにたまった。もう、しゃくりあげてはいなかった。クリスチャンは、おじいさんにもたれかかった。

「黄河《こうが》の話をしてよ、おじいちゃん。」

　クリスチャンはいった。おじいさんは、手をあごに走らせてから、クリスチャンのもつれた前髪《まえがみ》においた。そして話しはじめた。

「広い広い中国の大地を、ホワン・ホー（黄河）という大河が流れている。その川は、『中国の悲しみ』とよばれているんだ。伝説《でんせつ》によると、川は、フワン・ヒーという名前の、中国人の若者《わかもの》にちなんで、つけられたという。フワン・ヒーは、黄色い川という意味さ。

　フワン・ヒーは、美しい乙女《おとめ》と恋《こい》に落ちた。だが若者があまりにまずしかったので、乙女の父親は、若者との結婚《けっこん》をゆるさなかった。そして娘《むすめ》を、金持ちの男にとつがせようとした。乙女は不幸《ふこう》を悲しんで、高い塔《とう》から身を投げて死んでしまった。

フワン・ヒーはこのことを聞くと、大地にたおれふした。涙《なみだ》が目から、とうとうと流れた。そして細い流れは、ひとつに集まり、広く大きな川となった。川はごうごうと音を立て、東の大海に向かって流れ、とちゅう岩や木々をなぎたおした。

今でも川は、ときどき岸からあふれ、人間をおぼれさせ、田畑に被害《ひがい》をおよぼす。そんなとき中国の人たちは、フワン・ヒーが、失《うしな》った乙女《おとめ》をさがしもとめている、というんだ。」

夕食後、ターニャが顔をだした。

「おみやげがあるの。」

とターニャは、秘密《ひみつ》めかしていった。

ふたりは、クリスチャンの部屋に入った。タイガーはジャンプして、ターニャに受けとめてもらった。ターニャはタイガーの鼻先にやさしくキスすると、ジーンズのポケットから絵はがきを一枚《まい》とりだして、いった。

「今日、わたしにきたの。イスタンブールから。」

ふたりは、絵はがきをていねいに観察《かんさつ》した。頭に冠《かんむり》をかぶり、赤いコートを着た男の人の絵だ。その人は、ししゅうをほどこしたクッションに腰《こし》かけていた。白いターバンをまいた、目つきの悪い男が、その人の耳にささやきかけている。紅茶《こうちゃ》のお盆《ぼん》を持った女の人が、そばに立っている。クッションの男の人は、ベルトにはさんだ剣《けん》のつかに、手をかけていた。

「ここそこ何をいってるんだろう。」

とクリスチャンはいった。

「きっと、女の人を殺《ころ》せとそそのかしてるのよ。」

ターニャはいって、おさげを背中《せなか》にまわした。おさげはいきおいよく、かべにあたった。

タイガーは床《ゆか》をけり、前足で空をかいた。

「この男の人は奥《おく》さんがいやになって、新しい奥さんをもらおうと思ってるのかも。」

ふたりは絵はがきを裏返《うらがえ》した。そこには外国語が書いてあった。

「トルコ語よ。」

とターニャはいった。

「お父さんが読んでくれたの。イスタンブールのおじさんとおばさんと、いとこたちからだって。夏休みに、一家でトルコにお里帰りして、親せきに会うの。クリスチャンも、こられればいいのにね。」

「いつかいくよ。」

クリスチャンはそういうと、絵はがきを、ほかのといっしょにして、くつ箱にしまった。

夜になり、みんなねむって静《しず》まりかえったとき、タイガーは、かすかな音に目をさました。スポットも起きていた。そして立ちあがると、台所のドアの前で首をかがめた。音はほんとうにかすかで、タイガーにはようやく聞きとれるくらいだ。クリスチャンの部屋からだ。スポットは、ドアの前をうろうろいったりきたりした。ときどき足をとめ、耳をすます。音はかぼそくなっていった。そして、いつのまにか消えてしまった。

スポットは台所のすみに引っこみ、毛布《もうふ》に横になった。それからも、しばらく顔をあげたままだった。タイガーは、スポットのおなかの下にもぐりこんだ。スポットは何を考えこんでいるのだろう、と思いながら。

10　ホワン先生の薬

次の日、クリスチャンが学校から帰る時間が近づくと、スポットに落ち着きがなくなった。ドアの前でいったりきたりをくり返し、外に出たいとおじいさんにうったえた。おじいさんがドアをあけると、スポットはそのわきをするりとぬけだし、タイガーをしたがえて、玄関《げんかん》の段々《だんだん》をおりた。

二ひきは、道路を歩いていった。スポットはスーパーの前で道を曲がり、横町に入った。それから大きな建物《たてもの》の前をいくつも通りすぎ、信号《しんごう》をわたった。何かのにおいをたどるように、スポットは地面をかぎつづけていた。

二ひきは、窓《まど》が何列もならんでいる、大きな黄色の建物にたどりついた。建物の前には広いグラウンドがあって、周囲《しゅうい》をフェンスがかこんでいる。スポットは、門から少しはなれた、冷《つめ》たい地面にすわりこんだ。タイガーは、スポットによりそった。広いグラウンドは、からっぽだ。ときどき、いくつもある出入り口から人が出てきては、角を曲がって姿《すがた》を消す。そしてしばらくするともどってきて、また建物《たてもの》に入っていく。

二ひきはそのまま、長いあいだ待った。

ようやく中で、何かが起こりはじめた。ドアがひとつひらき、大声でさけんだり笑《わら》ったりする子供《こども》たちが、いっせいにとびだしてきたのだ。だれもがクリスチャンと同じように、リュックをかけている。ベルが長く、かん高く、鳴った。さらにたくさんの子供があふれだし、グラウンドは子供でぎっしりになった。

スポットは、門から目をはなさない。外にあふれだす子供たち全員に目を走らせていた。何人ものグループをつくっている子。ふたりずつ組になっている子。ひとりで歩いている子もいる。そのうちに、ほとんどの子供がいなくなった。

そのとき、ドアが細めにひらいて、中からクリスチャンのそばかす顔がのぞいた。上と下をたしかめてから、おそるおそる階段《かいだん》に足をふみだす。あとからターニャが出てきた。ふたりはきょろきょろしながら、門に向かっていく。

スポットとタイガーが立ちあがろうとしたちょうどそのとき、一団《いちだん》の生徒《せいと》たちがさわがしく姿《すがた》をあらわし、二人を押《お》しのけて門をくぐろうとした。青い帽子《ぼうし》のがっちりした少年が、クリスチャンをついて、いった。

「なまいきに、人の前をふさぐ気か？」

クリスチャンは一歩わきにより、ターニャの腕《うで》をとった。そしてつぶやいた。

「いいや。先にいけよ。」

「おやおや、失礼《しつれい》。」

少年はそういうと、仲間《なかま》をふり返った。

「おデート中の恋人同士《こいびとどうし》だったのか。」

クリスチャンは、やけどでもしたように、ターニャからぱっと手をはなした。

帽子をかぶった少年は、クリスチャンの胸《むね》をついた。クリスチャンはあおむけにたおれかけたが、なんとかふみとどまった。顔はいつもよりさらに青白い。そばかすが、白い肌《はだ》に赤く燃《も》えるようだ。クリスチャンは口もとをわなかせた。涙《なみだ》があふれ、ほおをころがり落ちた。

「あーら、ま。またごきげんじゃん。このめそめそマン。」

少年はクリスチャンのえりくびをつかんで、顔を雪に押《お》しつけた。

「お顔の鼻じる、洗《あら》ってやるよ。」

少年はいった。

「色黒ちゃんには、いいかっこを見せなくっちゃ。ふたりは結婚《けっこん》するんだろ。」

少年は、クリスチャンの鼻を、アイスバーンにぐいぐいこすりつけた。

笑《わら》い声《ごえ》がやんだ。別《べつ》の少年が、声をかけた。

「もう、やめなよ、トーマス。ほっといてやれよ。」

クリスチャンの帽《ぼう》子《し》はぬげていた。髪《かみ》の毛《け》はぼさぼさにさか立っている。

「かっこいいヘアスタイルじゃん。おまえんちのひょこたんじじいが、しばかり機《き》で切ったのか？　それともチェーンソーかよ。」

という声もする。

クリスチャンは、帽子をひろおうとした。ところが女の子がひとり、それをひったくり、別の女の子に投げた。クリスチャンはとびあがって、うばい返そうとした。けれどもともとべばとぶほど、帽子も高く宙《ちゅう》をとび、まわりの笑い声はどんどん大きくなった。帽子は、クリスチャンの頭上を、あちらにこちらにととびかかった。歩道をうろたえ歩き、あやつり人形みたいに腕《うで》をばたつかせる。そのまわりで、笑《わら》い声《ごえ》がひびきわたる。

そのとき、耳ざわりでぶきみな音が、ばか笑いを引きさいた。笑い声がぴたりととまった。帽子《ぼうし》はアスファルトにぽとりと落ち、ターニャの足もとにころがった。

トーマスがふり返ると、そこにスポットがいた。

ゆっくりと立ちあがったスポットは、いじめっ子たちに向かって、太い首をのばした。それからだまって、歩道の一団《いちだん》をにらんだ。細い目は、トーマスの顔に、ひたとすえられている。他の子供《こども》たちが、たじたじとさがった。トーマスは、地面にこおりついたように立ちすくんでいる。

スポットは首をひとふりすると、おどすように低《ひく》くうなった。それからひと息にジャンプして、トーマスにとびかかった。トーマスは、地面にあおむけにたおれた。スポットは馬乗りになった。そのたくましい胸板《むないた》で、トーマスを歩道にくぎづけにする。片《かた》ほうの前足は、ハンマーのようにトーマスののどもとをおさえていた。

トーマスが、うめき声をもらした。スポットの大きな口が、がっとひらいた。赤い歯ぐ

きに、キバが二本、白々と目立っている。少年の引きつった顔に、よだれが長い糸を引いて落ちた。まわりはしんと静《しず》まりかえった。聞こえるのは、スポットの低《ひく》いうなり声だけだ。

ターニャがかがんで、帽子《ぼうし》をひろった。それをクリスチャンにわたした。

クリスチャンは、さか立った髪《かみ》に帽子をかぶり、まゆの上まで引きおろした。それから立ちあがり、ゆっくりとスポットをよんだ。

「ホワン、おいで！」

ゆるぎのない声だった。

スポットはふり返り、飼《か》い主《ぬし》を見た。そして、少年の胸《むね》から、ゆっくりと前足をのけた。四本の足で立つと、大きなからだをぶるぶるっとふるわせ、おそろしい声でうなった。それからクリスチャンの足もとまでもどり、ひざの横で身がまえた。地面にたおれている少年から、かたときも目をはなさない。

少年が、のろのろと動きだした。顔は、よだれと鼻じるにまみれていた。それをそででぬぐいとった。クリスチャンは、スポットの首をつかんでいた。トーマスは歩道のはしまで、おしりであとずさった。手をついてぎくしゃくと立ちあがる。それから首をうなだれたまま、だっと逃《に》げさった。青い帽子《ぼうし》は、地面に落ちたままだった。

クリスチャンはうつむき、からだの雪をはらった。それからスポットをなでてやった。スポットは首をのけぞらせて飼《か》い主《ぬし》の手を受けとめ、気持ちよさそうに目を細めた。

「いい子だね。」

とクリスチャンは、飼い犬の耳にささやいた。

それから犬をはさんでターニャとならび、だまりこむ一団《いちだん》の中をぬけていった。タイガーはしっぽをぴんと立て、あとにつづいた。

家に帰った子供《こども》たちは、おじいさんに何もかも話した。おじいさんは、冷蔵庫《れいぞうこ》一番のごちそうをだしてきて、スポットの前にならべた。

「これはごほうびだよ。」

とおじいさんはいった。

「その子たちも、思い知ったことだろう。」

「トーマスのびびった顔、見た？」

クリスチャンの部屋に引っこんで、ベッドにすわると、ターニャがいった。その目はきらめいている。

「顔じゅう、びしょびしょだったよね。あれこそ……あれこそ……。」

「めそめそマン！」

思わずクリスチャンは口走った。クリスチャンは毛をくしゃくしゃにかきまぜ、ぼさぼさにさか立てた。

「どう見たって、めそめそマンだったよ！」

クリスチャンはあんまり笑《わら》ったので、ベッドからころがり落ち、おかしくておなかをおさえたまま、カーペットに寝《ね》そべった。

「これからは、あいつも用心しなくちゃな。でないと、ホワン先生に、苦い薬をのまされる。だよね、ホワン？」

クリスチャンは、スポットにいった。スポットはうなずき、クリスチャンの顔を、ぺろぺろなめた。

11 事《じ》故《こ》

それ以来《いらい》クリスチャンは、学校でひどい目にあわなくなった。いじめはなくなった。スポットとタイガーは、毎日お迎《むか》えにいった。授業《じゅぎょう》が終わるころ、スポットは玄関《げんかん》にかけよって、外に出たいと、わんわんほえる。おじいさんがドアをあけると、二ひきは家から道路へととびおりた。スポットが急ぐので、タイガーはいっしょうけんめい走らないと、ついていけなかった。

二ひきは校門の前にじんどり、チャイムが鳴って、生徒《せいと》が校舎《こうしゃ》の外に追いだされるのを待つ。スポットは首をあげ、クリスチャンをさがす。そしていつも、子供《こど》たちの中心にその姿《すがた》を見つけた。たしかめると、落ちついて前足に頭をのせ、クリスチャンがおしゃべりを終え、子供の群《む》れを引きつれて、近づいてくるのを待ち受けた。あの青い帽子《ぼうし》の少年は、姿を見せなかった。

スポットとタイガーは、みんなのアイドルになった。子供《こども》たちは、二ひきのまわりに押《お》しよせた。

「クリスチャン、犬をなでてもいい？」

ときく子がいた。

「お弁当《べんとう》の残《のこ》りをあげてもいい？」

とたずねる子もいた。

スポットは女王のように落ち着いて寝《ね》そべり、サービスをゆるした。サンドイッチはにおいをかぎ、一番好《す》きなのだけを食べた。タイガーは腕《うで》から腕へとまわされ、キスされたり、息ができなくなるほどぎゅっとだきしめられたりした。

クリスチャンが友だちの家によることもあった。スポットとタイガーは、クリスチャンが出てくるまで、しんぼうづよく家の外で待っていた。クリスチャンはタイガーを上着の中に入れ、スポットと話をしながら、家に帰るのだった。

おじいさんは毎日新聞を読み、家事をし、スーパーマーケットにいく。スポットもタイガーも、おじいさんとスーパーに出かけるのが好きだった。道路は静《しず》かでがらんとしていた。子供《こども》たちはみな学校へ、大人たちは職場《しょくば》に出るからだ。それでもスーパーには、たえまなく人の流れがあった。雪の上にすわって待っている二ひきにあいさつしてくれる人もいたが、たいていの人は二ひきに目もくれず、せわしく通りすぎていった。

ある日、おじいさんが台所のテーブルで買い物リストを書いていると、郵便受《ゆうびんう》けのふたがかたんと音を立てた。郵便物《ゆうびんぶつ》がきたのだ。おじいさんはつえをとって、玄関《げんかん》に向かった。

太陽はあたたかい舌《した》で道路につづく小道をなめ、つるつるにすべりやすくしていた。

おじいさんはつえを前につき、ころばないよう用心深く歩いていった。郵便受けのすぐ手前まではうまくいった。ところがそこで足がすべった。つえは手からはなれてとび、おじいさんは大きな音を立てて、あおむけにたおれた。

おじいさんはしばらく、身動きもせず、たおれたままだった。スポットはたった二とびで、おじいさんのそばにきた。あたふたと歩きまわり、鼻でおじいさんをぐいぐい押《お》した。おじいさんは腕《うで》をふりまわし、なんとか起きあがろうとした。うめき声がもれた。

「足の骨《ほね》が折《お》れたらしい。からだが動かせないんだ。」

おじいさんは苦しそうな声をだし、がくりと首を落とした。

スポットはすぐそばにすわりこんだ。タイガーも追いかけてきた。おじいさんは目をとじて、静《しず》かに横になっている。スポットは道路にとびだした。道路を右往左往《うおうさおう》しながら、大きな声でほえたが、近くに人の姿《すがた》は見あたらない。近所の家も留守《るす》らしく、顔をのぞかせる人もいなかった。

スポットはかけもどった。おじいさんはぴくりとも動かない。風が吹《ふ》きはじめた。冷《つめ》たい風は庭の茂《しげ》みを吹きぬけ、おじいさんのシャツのそでを引っぱった。顔色が、おそろしいほど青白い。スポットは大あわてで走りまわった。顔をなめて、なんとか目をあけさせようとするが、おじいさんは弱々しく息をもらしただけだ。

タイガーは鳴き声をあげた。そしてあたたかい鼻を、おじいさんの顔に近よせた。おじいさんは腕《うで》をのばし、子ねこを引きよせた。小さなかたまりで、からだをあたためようとでもしているようだった。

スポットがついと身をよせた。そしていためた足にさわらないよう、そうっとおじいさんのからだにかぶさった。白い大きなからだが、おじいさんの胸《むね》をすっぽりとおおった。

「いい子だ。」

おじいさんはささやき、また目をとじた。そのまま二ひきはおじいさんをあたため、クリスチャンが学校から帰るのを、しんぼうづよく待った。

時間はおそろしくのろのろとすぎていった。地面から、冷気《れいき》がじわじわとのぼってくる。タイガーは、どんどん体温がさがっていくおじいさんのからだによりそいながら、こごえてきた。とつぜんスポットが首をあげた。そして大声でほえた。今ではタイガーにも聞こえた。道路を小走りに近づく足音。クリスチャンだ。

「おじいちゃんっ！」

小道にかたまった二ひきとひとりを見たとたん、クリスチャンは悲鳴をあげた。

「おじいちゃん、どうしたのっ？」

クリスチャンはのぞきこんだ。腕《うで》がふるえている。おじいさんは目をひらいた。

「ああ、やっと帰ってくれたな。」

おじいさんは弱々しくいった。

「すまんが力をかしてくれんか。どうやら足が折《お》れたらしい。病院の、ターニャのお父さんに電話しておくれ。番号は電話台のところのかべにあるから。すぐにきてくれるよう、いっておくれ。」

クリスチャンは急いで玄関《げんかん》の段《だん》をかけあがり、電話のところにかけつけた。それから、かべの上をさがし、病院の電話番号を見つけた。

「おじいちゃんが足を折《お》りました。すぐきてください。こごえきっているんです。」

電話を切ると今度は居間《いま》にかけこみ、おじいさんの昼寝用《ひるねよう》の毛布《もうふ》を持ちだした。それを、頭だけ出るようにして、スポットにかぶせた。下のほうは、おじいさんのからだにしっかりとまきつけた。そうしてみんなで救急車《きゅうきゅうしゃ》を待った。

ほどなくサイレンが聞こえた。ターニャのお父さんが救急車からとびおりた。男の人がふたり、たんかを持っておりてきた。

「よくきてくれました。長いこと寝《ね》てると、そろそろ冷《ひ》えてきましてな。」

おじいさんは、ターニャのお父さんにいった。

お父さんは毛布をめくり、おじいさんの足を調べた。上にあげたり、あっちこっちと曲げてみたりした。

「大《だい》たい骨《こつ》の、けい部骨折《こっせつ》のようです。」

ターニャのお父さんはそういうと、おじいさんの脈《みゃく》をとって、たずねた。

「どれぐらいここにいました？」

「さあねえ。二時間ぐらいかなあ。」

おじいさんは、歯をがちがちいわせていた。口のまわりは寒さで真っ青だ。

ターニャのお父さんは、そばにすわって、目で動きを追っているスポットにうなずきかけ、その頭に手をおいた。

「この犬に、命を助けてもらったお礼をしないとね。こいつがいてくれなかったら、おじいさんはこごえて死んでいましたよ。」

三人はおじいさんをたんかに乗せ、救急車《きゅうきゅうしゃ》にはこびこんだ。

クリスチャンは玄関《げんかん》にかぎをかけた。そしてターニャのお父さんの横に乗りこんだ。

「すぐに帰ってくるからね。」

スポットとタイガーにいった。ドアがしまり、救急車は発車した。

スポットとタイガーが最後《さいご》に見たのは、救急車のうしろの窓《まど》で、クリスチャンが手をふる姿《すがた》だった。

12　スポットはどこに

二ひきは、一日、二日と待ったが、クリスチャンもおじいさんももどらなかった。家はかぎがしまったままだ。

二ひきは食べ物をさがし、家のまわりと庭をうろついた。ゴミバケツのわずかな残《のこ》りものをあさり、鳥のえさ場のパンくずも食べつくした。二ひきはたいくつしてきた。どっしりと黒い森は、こずえだけがふんわりと白い雪帽子《ゆきぼうし》をかぶっていた。そしておいでおいでと、二ひきをさそった。

事故《じこ》から三日目の朝早く、二ひきは垣根《かきね》をとびこえ、道路へと出た。そしてスキーのあとをたどり、森に入っていった。

空気は青くすみきっていた。雪は大きな雪だまりをつくり、モミの木の下枝《したえだ》に厚《あつ》くつもっている。太陽が雪の上であそんでいた。ちらちらぎらぎらとまぶしく、目が痛《いた》くなるほどだ。

タイガーは、目を細くしないと歩けなかった。スポットは首をたれ、スキー道をかいでいく。大きな鳥が一羽、すぐそばからとびあがった。鳥が枝《えだ》のあいだをくぐると、つばさのまわりに、雪の雲がうずまいた。鳥は木のてっぺんにとまり、黒い果物《くだもの》のようにゆれた。

二ひきは一日じゅう歩いた。そして森の奥《おく》へ奥へと入っていった。車の音は聞こえない。聞こえるのは、木々のあいだをわたる、かすかな風の音だけだ。

とつぜん木かげで何かの動く気配がした。影《かげ》がひとつ、ぬっと目の前にあらわれた。大きな動物が、長い足で、二ひきの前に立ちはだかった。タイガーはこおりついた。こんなに大きい動物は、見たことがなかった。からだの大きなスポットさえ、この動物のおなかの下なら、らくらく通りぬけられそうだ。高くそびえる頭には、とがった水平の耳がつき出ている。鼻の穴《あな》から、湯気があがっていた。大きな動物のうしろに、もう一ぴきがあらわれた。形はそっくりだが、少し小型《こがた》だ。

スポットは足をふんばり、ほえだした。頭をあげ、はげしくほえつく。かん高く耳ざわりな声に、動物はいらだった。そいつは前にとびだし、前足で地面をはげしくふみならした。スポットはとびのいて、さらにはげしくほえかかった。

とたんに大きな動物が、攻撃《こうげき》をかけた。足げりひとつ、みごとにスポットの背中《せなか》に命中した。スポットはみじめな悲鳴をあげ、身をよじって攻撃範囲《はんい》からのがれた。命にかかわるパンチが雨あられとふってくるのを、道をあちらにこちらにとびのいて、逃《に》げまどった。あとずさりしたはずみに、雪だまりにうしろ足がはまりこんだ。逃げられない！　敵《てき》は、スポットめがけて足をふりあげた。

そのときタイガーがさけんだ。おそろしい、身の毛のよだつような声で。せいいっぱいふりしぼった声で。動物はふり返った。ふりあげたひづめが、一瞬《いっしゅん》空中でこおりついた。その一瞬を、スポットはのがさなかった。ぐいと力をこめて、雪から足を引きぬくと、矢のようにスキー道をかけのぼった。大きな動物二ひきが、あとを追っていく。いかりくるう敵《てき》に追われながら、スポットは命からがら逃《に》げていった。

タイガーは雪の中にへたりこんだ。心臓《しんぞう》が胸《むね》の中でばくばくいっていた。森は、何もな

かったように、白く平和なままだ。けれどもスポットは消えてしまった。タイガーは耳をすました。あたりは静《しず》まりかえっている。タイガーは道から森へとびこんだ。あんなおそろしい動物に見つかってはたいへんだ。雪に頭をうめ、前足で目をおおった。こわくてこわくて、からだの中がちくちく痛《いた》んだ。

そのかっこうのままで、タイガーは長いあいだちぢこまっていた。雪がふりだした。からだを起こし、周囲《しゅうい》一帯《いったい》をうかがう。スポットも、巨大《きょだい》な動物も見えない。大きく冷《つめ》たい森の中で、タイガーはひとりぼっちだった。

タイガーはスポットに、おずおずと悲しげによびかけた。それからもう少しだいたんになって、声をはりあげた。けれども答えはなかった。

タイガーは目を、細い二本の線にして、まわりのようすをうかがった。

どうしてもスポットを見つけなければ！　けれども森は、はてしなく広い。まずはスポットの消えたスキー道からのぼることにした。大きな動物の深い足あとにまじって、スポットの足あとが見分けられた。それをたどっていくことにした。

しばらくすると、深い穴《あな》は雪だまりのほうにそれていき、スキー道にはスポットの足あとだけが残《のこ》った。

タイガーは、しっぽをしょんぼり引きずりながら、ゆっくりと進んだ。雪の上をへびのようにくねって、すべったりもした。右に左に、ゆだんなく目をくばる。白い雪ひらがスポットの足あとに舞《ま》いおり、あとを消していく。ときどきスポットをよんでも、その声はむなしく雪といっしょに、遠いかなたに消えていった。

タイガーはとぼとぼと歩いた。雪はますますふりしきり、風も強くなった。耳の中がごうごうなる。雪の向こうになんとか見えるのは、黒くしずんだ木の幹《みき》だけだ。こわいし、びしょぬれだし、寒かった。スポットの足あとはなくなり、もうどこをさがせばいいのか、わからなかった。ぐったりと雪の中にへたりこみ、足のあいだに頭をうめて、うずくまった。

そのまま時間がたった。雪はふるばかりで、茶色じまの小さなからだは、まもなく白いかたまりに変《か》わった。タイガーは、冷《つめ》たい雪にうまってしまった。そしてうとうとと夢《ゆめ》を見ていた。スポットのよぶ声が聞こえる夢だった。

ワオ〜ン

はるか遠くからの声。長く長く尾を引くよび声に、タイガーは雪の山をはねのけた。夢《ゆめ》ではない。ほんとうにスポットの声だ。とてもかすかだが、たしかに聞こえる。まちがいなくスポットだ！　このぼくをよんでいるんだ。

タイガーは、せいいっぱい声をはりあげてよびながら、かすかな声に向かって走った。ときおり足をとめ、耳をすます。足を一歩進めるごとに、よび声はますます大きく、はっきりとしてきた。そしてとうとう、目の前の道にすっくと立っている黒い影《かげ》を見つけた。ほんものだ。スポットだ！

タイガーはとびつき、犬のおなかの下にもぐりこんだ。スポットは横になった。タイガーはよろこびにのどをふるわせながら、スポットの背中《せなか》に、さらに頭へとよじのぼった。スポットがなめてくれた。うれしそうな小さな鳴き声が、口からもれた。スポットは子ねこを足でくるんだ。なつかしい声が、タイガーの耳をくすぐった。その夜スポットは、タイガーから目をはなさなかった。

13　音楽犬

次の日、二ひきは森から出た。スポットはヘラジカにけられて、からだじゅう打ち身だらけだった。片《かた》ほうの前足をいため、ときどきぶらぶらさせたままで歩いた。

太陽が山の向こうに姿《すがた》を見せるころ、最初《さいしょ》の家なみが目に入った。家は道ぞいに、点々と建《た》っている。白い地面の上に引いた、一本の黒い線のようだ。

冷《つめ》たくすみきった朝だった。太陽からななめにさす光が、こおる大地をあたためようとしていた。町はまだ目をさましていず、あたりはしんと静《しず》かだ。

二ひきは道路を進んだ。家の数がふえ、道路は広がって、小さな広場となり、そこからまたあちこちの方角に、たくさんの腕《うで》をのばしていた。このあたりの建物《たてもの》は、歩道ぞいにすきまなくくっつきあい、商品をぎっしりならべた大きなウインドーでいっぱいだ。

二ひきは食料品店《しょくりょうひんてん》まで歩いていった。店はがらんと静まりかえっていた。スポットとタイガーは出入り口の前にすわって、開店を待つことにした。タイガーはいつものように、スポットの足のあいだにもぐりこんだ。

少しすると、店の中で動きがあり、入り口がひらいた。おじさんがひとり、大きな看板《かんばん》をはこんできて、スタンドに立てかけた。そこでスポットとタイガーを見つけ、足をとめて口をあんぐりあけた。それから歩みより、二ひきに顔を近づけて、こう話しかけた。

「いらっしゃい、お客さん。」

スポットは落ち着いてすわったままだったが、タイガーはじっとしていなかった。スポットの足のあいだから首をのばし、人間に向かって鳴いた。

おなかがすいたよう、とでもいうように鳴いて、首をかしげて見せたのだ。けれども人間には通じない。人間は、店のほうをふり返り、よびかけた。

「ヨハンネ、きてごらん。めずらしいものがいるぞ。」

青いエプロンをつけた、小柄《こがら》でまるっこいおばさんが、入り口にあらわれた。

「あんら、まっ！　こんら、まっ！」

おばさんは、二ひきを見ると声をあげた。そしておじさんの横で中腰《ちゅうごし》になると、前足に子ねこをはさんだ大きな黒白ぶちの犬を、穴《あな》のあくほど見つめた。

タイガーはもう一度鳴いた。おばさんはこわごわ手をさしだし、スポットににおいをかがせた。

「きっとおなかをすかせてるね。」

とおばさんはいった。

スポットはいきおいよくほえ、タイガーはみゃあみゃあ鳴いた。

「中で何か食べるものをとってくるわ。」

おばさんはおじさんにいうと、店の中に入り、パンの袋《ふくろ》を手にもどってきた。

袋がやぶられると、スポットの口からつばきがぽとぽとと落ち、アスファルトをぬらした。おばさんのだしたまるパンをひと口でのみこみ、もっとほしいと、口のまわりをぺろぺろなめた。

「ほらね。おなかをすかしてるでしょ。」

おばさんはおじさんにいった。ひとつのパンは小さくちぎって皿に入れ、タイガーの前においてやった。残《のこ》りはぜんぶ、スポットにやった。

ふたりはそのあと、また店に消えた。スポットとタイガーは、入り口の前にがんばった。そろそろお客のきはじめる時間だった。

客はひとり残《のこ》らず、犬と子ねこコンビの前で足をとめた。スポットは頭を高くあげ、落ち着いたきぜんとしたまなざしで、人間をながめた。タイガーは小首をかしげ、ごろごろいいながら、スポットの足のあいだでポーズをとった。これは効果《こうか》があった。そして買《か》い物袋《ものぶくろ》からは、チョコレートやソーセージやお菓子《かし》など、おいしいものがつぎつぎにあらわれた。ひとりの女の子は冷凍《れいとう》の袋《ふくろ》入りフィッシュスティックをだし、ガチガチにこおったスティックをくれた。そんなふうに、一日がすぎた。店がしまると二ひきは立ちあがり、おなかいっぱいに満《み》ち足《た》りて、店をはなれていった。

何週間かすぎた。二ひきは野をこえ、森をぬけていった。おなかがすくと人間の住む場所にいき、食料品店《しょくりょうひんてん》をさがした。

タイガーは、注目を集めるコツをあみだした。スポットの頭によじのぼり、軽く耳をかむのだ。スポットはしばらくは好《す》きにさせているが、ゲームにあきると、頭を強くひとふりする。タイガーはころがり、スポットの足のあいだにすっぽり落ちこむ。このゲームは、

はずれがなかった。タイガーがスポットの足のあいだに落ちて、きょとんととほうに暮《く》れた顔をすると、箱や袋《ふくろ》、ショッピングバッグが、魔法《まほう》のようにひらき、あらゆるごちそうが地面にならぶのだった。

気候《きこう》はあたたかくなりだした。太陽が雪を追いはらった。最初《さいしょ》に、木々につもった雪が消えた。根もとのまわりに、黒くてしっとりとした地面があらわれた。

タイガーはかれ草の下に鼻を押《お》しこみ、つんとする土くさいにおいを、いっぱいにすいこんだ。かっ色のかれ草の中に、つやつやと緑の葉がのびだしていた。青草は強いにおいがして、だれかがかじったあとのりんごに似《に》た味がした。忘《わす》れかけていた記憶《きおく》が、タイガーの中によみがえった。りんごがいっぱいの果樹園《かじゅえん》と、シルクのような毛をしたねこの記憶が。

雨がふってきた。スポットとタイガーはモミの木の下に雨宿《あまやど》りし、森がきれいに洗《あら》われるようすをながめた。その日は夜も雨がふりつづいた。朝がくると、森はすっかり洗いあげられていた。木の芽《め》からは鮮《あざ》やかな緑の葉が、顔をのぞかせている。新芽《しんめ》が木々を、長いうす緑のベールでかざりたてていた。

ある午後のこと、二ひきは草の上でくつろいでいた。スポットはごろりと横になり、タイガーはそのおなかをまくらにして、ねむっていた。急にスポットが頭をあげ、耳をすました。タイガーはおなかからころがり落ちて、目をさました。

タイガーもからだを起こし、耳を立てた。かすかな音が、空気の中を高く低《ひく》くただよってくる。遠くから流れる、小さいメロディー。タイガーがぴいぴい声をあげた。スポットは首をひとふりし、鼻を鳴らしてタイガーをだまらせた。それから立ちあがり、しっぽを不思議《ふしぎ》なふうにふるわせながら、聞き入った。そして、音にさそわれるように、森に入っていった。タイガーもあとを追った。音楽がどんどん近づいてきた。

二ひきが出たのは、大きくひらけた原っぱだった。スポットは足をとめ、そのまま木のあいだに目をこらした。若《わか》い男がひとり、目の前の白いいすに腰《こし》かけていた。何本かの糸をはった、細長い箱のようなものを持ち、あごでおさえている。糸を長い棒《ぼう》でこすると、音楽が箱のようなものから流れだした。

その向こうに家があった。ところがこの家は、地面に直接建《ちょくせつた》つのではなく、タイヤがついていた。ドアはあいている。若い女の人が階段《かいだん》にすわっていた。大きくはりだしたおなかが、広げたももにのしかかるようだ。髪《かみ》の毛《け》は燃《も》えるように真っ赤で、頭の上でぴょこんと二つの山になっている。女の人は片手《かたて》であごをささえて、音楽を聞いていた。スポットとタイガーも、聞き入った。

そして不思議《ふしぎ》なことが起こった。スポットが森から走り出て、男にかけよったと思うと、すぐ横にすわって首をそらせた。するとのどの奥《おく》から、長くむせぶような遠ぼえがとびだしたのだ。男はとたんにひくのをやめ、びっくりして犬を見つめた。スポットも遠ぼえをやめ、おとなしくすわって男を見つめた。男は、箱をもう一度あごの下にあて、演奏《えんそう》を再開《さいかい》した。スポットは鼻を空に向け、また遠ぼえをした。

男はまた演奏をやめた。おこってまつぼっくりをつかみ、スポットに投げつけようとした。

「うるさい。このばか犬！」

男はさけんだ。

「イェスパー！」

とよんだのは、階段《かいだん》にすわっている女の人だった。

「やめて。その子は歌ってるのよ。わからない？　その子、あなたの音楽が好《す》きなのよ。」

イェスパーとよばれた男は、手をひらいた。まつかさがころんと落ちた。イェスパーはもう一度、弦《げん》をこすってみた。スポットは歌った、声高く。

「へえ、ほんとうだ。きみのいうとおりだよ。」

イェスパーは、また何小節《なんしょうせつ》かひいてみた。スポットは歌った。イェスパーがひきやめる。するとスポットもほえるのをやめた。同じことが何度かくり返された。弦をひくたびに、スポットののどから音がとびだすのだった。

イェスパーは草の上にそっと楽器《がっき》をおくと、大声で笑《わら》った。

「おまえ、ぼくの音楽が好きなのか、え？」

といって、スポットに手をさしのべた。

スポットは立ちあがり、近づいて、手のにおいをかいだ。

女の人がよたよたと歩いてきた。つき出たおなかをすっぽりとおおう、黒のミニワンピースを着ている。青白い足に何もはかず、草の上を歩いていた。女の人はスポットの横にひざをつき、頭をなでた。

「わんちゃん、音楽が気に入ったの？　あのね、この楽器《がっき》はバイオリンというの。そしてこの曲は、わたしたちの赤ちゃんの子守歌になるのよ。」

女の人はそういって、重いおなかをなでた。スポットは女の人の指をなめた。イエスパーがまた笑《わら》った。

「こいつ、ぼくの音楽が好《す》きなのか。」

イエスパーはそういうと、感心した顔で、女の人の顔を見た。

「うん。あなたの音楽が好きなのにきまってるでしょ。この子は音楽犬なの。」

「音楽犬かあ。」

イエスパーはスポットの前にひざまずいた。

「これこそ天のたすけだな。おまえ、作曲を手伝《てつだ》ってくれる？」

うしろにえんりょしていたタイガーが、ようやくしっぽをぴんと立てながら、前に進み出た。そしてせいいっぱいあまい声で鳴くと、スポットによりそい、乳首《ちくび》に顔をよせた。

「ちょっと。見て！」

女の人は草の上の二ひきを見て、目をまんまるくした。タイガーは目くばせをした。

イェスパーが立ちあがり、タイヤのついた不思議《ふしぎ》な家に入ると、スポットとタイガーのために、ミルクを持ってきてくれた。それからまたバイオリンをとりあげて、作曲の仕事をつづけた。スポットは横になったままで聞いていた。そしてときどき口をひらき、音にあわせて歌った。

夜がくると、イェスパーと、リーサという女の人は、草の上に毛布《もうふ》をしいて、寝心地《ねごこち》のいいベッドをつくった。食べ物もならべた。ふたりともめずらしいお客をよろこんで、二ひきにいてもらいたがった。

タイガーとスポットは、長旅でつかれていた。二ひきは、毛布の上に気持ちよくまるまり、森に住むやさしい人間ふたりのところに、しばらくとどまろうときめたのだった。

14　赤ちゃんが産《う》まれる！

森に夏がおとずれた。木立《こだち》の下にはウッドアネモネの白いじゅうたんが広がった。小川につづく小道には、スミレとスズランのふちどりができた。原っぱ全体が、ハチミツのような、あまいかおりにみたされた。

スポットはイェスパーの作曲を手伝《てつだ》った。スポットがあんまり大声で歌うので、イェスパーの仕事のじゃまにならないようにと、リーサに車に入れられてしまうこともあった。そんなときスポットは、かべにぴったりはりついて、音楽を聞いた。そしてスポットの歌声は、ドアごしに外まで聞こえた。音ひとつのがすまいとしているようだった。

ふたりは、スポットをソングと名づけた。タイガーはニャンニャンとよばれることになった。タイガーはリーサのあとを、とことこついて歩いた。リーサが料理《りょうり》をするときには、いすにとびあがって、なべの中やパンの皿に熱心《ねっしん》に鼻をつっこんだ。そこで名前は、クンクンに変《か》わった。

ニャンニャンとよばれようがクンクンとよばれようが、タイガーにしてみれば同じだった。リーサがやさしい、歌うような声で話しかけると、タイガーは小さくにゃあと鳴き、リーサのどっしりしたからだに、自分のからだをすりつける。リーサにだかれていると、おなかの中で赤ちゃんが動くのを感じることがあった。

夜になると、二ひきは車の下にしいた毛布《もうふ》でねむった。雨がふると、リーサが家に入れてくれた。タイガーはベッドにあがってもよかったが、スポットは床《ゆか》で寝《ね》るようにいわれた。ところが朝になると、なぜかみんなベッドにいるのだった。イェスパーはスポットをしかったが、リーサは笑《わら》うだけだった。そしてリーサは毛布やシーツをはずし、外の木にかけてほした。シーツは緑の世界で、ひらひらとはためいた。

イェスパーとリーサは大きな赤い車を持っていた。イェスパーはときどきその車に乗って、買い物に出かけた。スポットも乗せてもらった。ドライブが大好《だいす》きだったからだ。スポットは助手席《じょしゅせき》におさまり、シートベルトをつけてもらった。それから車はがたごとと草地をおりて、細い砂利道《じゃりみち》を走っていった。スポットの耳が、風にそよいでいた。

暑い日には、みんなで川に水浴《みずあ》びにいった。スポットとイェスパーは川にとびこみ、ふざけあったり水をかけあったり、もぐりっこしたりした。リーサは川岸にすわり、白く長い足で、水をぱちゃぱちゃはねた。タイガーは水に足をつけるのもいやがった。たっぷりとはなれて、木かげで休んでいるのだった。

ある日リーサはたらいをかかえて、川に洗濯《せんたく》に出た。いつものようにタイガーがあとをついていった。リーサは川につき出た、たいらな岩にすわった。服に石けんをこすりつけ、ごしごしやった。それから、よごれのとれた服を流れですすぐために立ちあがった。ところが、とつぜん悲鳴をあげた。

岸でねむっていたタイガーは、びっくりして目をさました。リーサが腰《こし》をおさえ、からだを二つに折《お》っている。イェスパーの青いT《ティー》シャツが手からはなれて流れだし、岸辺《きしべ》の茂《しげ》みに引っかかっていた。

リーサは荒《あら》い息をつきながら、ゆっくりとおかにもどった。はうように岸にあがり、草地にへたりこんだ。

「赤ちゃんが産《う》まれる。」

リーサは息もたえだえに、タイガーにいった。

「急いでイェスパーをよんできて。」

タイガーは心配そうにまわりをおろおろとうろつき、はげますようになめた。

リーサは手で追いはらった。そしてくり返した。

「イェスパーを見つけて！　さあ、急いで。赤ちゃんが産《う》まれるといって！」

タイガーは、何をいわれたかわかった。そして急いで道を引き返した。イェスパーは階《かい》段《だん》で本を読んでいた。タイガーはそのひざにとびのると、にいにいいった。

遊んでほしいのだと、イェスパーは思った。そこで本をおき、子ねこをつかまえようとした。ところがタイガーは、するりと手をかわし、川のほうに二、三度ジャンプしながら、力いっぱい鳴きわめいた。

イェスパーはとびあがった。

「リーサに何か？」

そうさけぶと、スポットとタイガーを引きつれて、全速力で走っていった。リーサは横向きにたおれ、まるいおなかをかかえていた。大声でうめいている。

「赤ちゃんが……産《う》まれる。」

リーサは切れ切れにいった。

イェスパーはリーサを立たせた。背中《せなか》に腕《うで》をまわし、ささえてやりながら、車までの道をのぼった。車のドアをあけ、リーサを座席《ざせき》に寝《ね》かせると、はだしの足の下にマットをあてがった。スポットとタイガーはあたふたとかけまわり、役に立つどころかじゃまをしていた。

出発の寸前《すんぜん》、やにわにイェスパーが家の中に姿《すがた》を消し、戸だなの上に前もって荷づくりしてあった、赤ちゃん用のバスケットをかかえてあらわれた。それをうしろの座席にほうりこむと、車に乗りこんだ。

「キャンピングカーを守っててくれよ！」

イェスパーはスポットとタイガーによびかけた。車を発車させると、ゆっくりと道路までころがした。

「すぐにもどってくるからなあ！」

声が木々のあいだに遠ざかっていった。

二ひきは一日待った。夜がきたので、キャンピングカーの下の毛布《もうふ》にまるまった。明るくて気持ちのいい夜だ。シラカバが静《しず》かに歌い、月の光がこずえをかがやかせている。スポットとタイガーはうたたねしながら、がまんづよく朝のくるのを待った。

翌日《よくじつ》の午後になって、ようやく車の音が聞こえた。赤い車がはるか下の道路を走ってくるのが見えた。イェスパーはクラクションを鳴らしながら、窓《まど》から身をのりだし、はるか遠くから大声でどなった。

「おーい、ソングー！　ニャンニャーン！　息子が生まれたぞお！」

イェスパーは草地に乗り入れると、車からとびおりた。それからひざをついてすわり、空に向かって両腕《りょううで》をふりまわした。

「ぴっかぴかの男の子なんだあ！」

とイェスパーはわめいた。

スポットとタイガーが、イェスパーにとびついた。ひとりと二ひきは、足も手も鼻もしっぽもごちゃごちゃにからまったボールになって、草の上をころがりまわった。

イェスパーが起きあがった。

「みんなでお祝《いわ》いをしよう。」

イェスパーは車から、ビニール袋《ぶくろ》を二つ持ちだした。袋からたくさんのパックをだして、草の上にならべた。キャンピングカーからは、大きなグレーのミュージックデッキをはこんできた。それを切《き》り株《かぶ》にのせ、あちこちのスイッチを押《お》した。すると、みごとな合唱《がっしょう》の声がひびきわたった。まるでうずまく嵐《あらし》のただなかにすわっているようだ。スポットは寝《ね》そべって、口をいっぱいにひらいた。タイガーはパックのにおいをかいでいる。

イェスパーは、びんから何かをコップにそそいだ。そして、岩の上にあがった。

「諸君《しょくん》！」

ひびきわたる音楽に負けまいと、イェスパーはせいいっぱい声をはりあげた。スポットとタイガーは、草の上に腹《はら》ばいになったまま、人間を見あげた。

「スピーチをきいてくれ。ぼくたちの仲間《なかま》に、新しい人間がくわわった。」

イェスパーは、コップを空に向かってかかげた。

「新しい仲間よ、わが惑星《わくせい》地球にようこそ！　運と幸せにめぐまれますように！」

イェスパーは岩からとびおりると、パックをあけはじめた。そして大きな肉をスポットの前においた。スポットは用心深くにおいをかいでから、赤い肉にかぶりついた。

「そしてこれは、ぼくとおまえのだよ。」

イェスパーはタイガーにそういうと、袋《ふくろ》をあけ、からのついた、赤い小さなものをとりだした。

「これはエビというものだ。」

イェスパーはいった。

「今までに食べたことがあるかい?」

一ぴきをタイガーに見せた。そのからをむくと、ピンク色の小さな身を、口に入れてやった。こんなにおいしいものは、食べたことがなかった。タイガーは口のまわりをぺろぺろなめまわし、からまですっかり食べてしまった。

イェスパーは他のパックもたくさんあけた。みんなはお菓子《かし》やナッツやチョコレートもつめこんだ。そのあとイェスパーは、バイオリンをとってきた。音を調節《ちょうせつ》すると、こういった。

「今から練習だ。」

イェスパーはバイオリンをあごでおさえ、あの子守歌をひきはじめた。スポットがそれにあわせて歌った。イェスパーは、何度も何度もくり返して演奏《えんそう》し、スポットも歌いつづけた。

「リーサとぼうやが帰ってくるまでに、上手になっておかなくちゃな。」

とイェスパーはいった。

森が静《しず》けさをとりもどしたのは、夜もずいぶんおそくなってからだった。

15　スポットの仕事

　タイガーは、リーサがいなくてさびしかった。赤ちゃんとやらをつれて帰る日を、たのしみに待った。イェスパーは、毎日病院までお見舞《みま》いに出かけ、おみやげ話をどっさりかかえて帰ってきた。

「赤ちゃんには、頭に黒い髪《かみ》の毛《け》がひとふさだけあって、足の指も手の指も小さいんだ。これぐらいかな。」

　イェスパーは草を一本ぬき、小さい小さい指の形に、曲げて見せた。

「それに、ひざにえくぼがあるんだ。笑《わら》うとさ、顔が干《ほ》しプルーンみたいに、くしゃくしゃになるんだよ。おまけに、ものすごく大きな声で泣《な》くんだ。」

　イェスパーは、そう自慢《じまん》した。

　ようやくリーサと赤ちゃんが帰ってくる日になった。イェスパーは早起きして、キャンピングカーの中を、みごとにきちんとととのえた。それからフェルトでていねいにみがきあげ、車をいつもよりさらに赤く、ぴかぴかにかがやかせた。

タイガーは、自分流に準備《じゅんび》をした。前足につばをつけて、からだじゅうをきれいにこすったのだ。それから足を、順番《じゅんばん》にていねいに、なめあげた。

二ひきは草地で待った。時間のすぎるのがひどくのろい。それでもやがて、車のエンジン音が聞こえた。こちらに向かってくる赤い車が、ちらりと見えた。

車はカーブをきると、がたごと原っぱに入った。リーサが片《かた》ほうの手をふった。別《べつ》の手は、黄色い毛布《もうふ》につつみこんだ荷物を、しっかりとかかえている。

リーサは車をおり、スポットとタイガーの横にすわった。それから毛布をひらいて見せた。

「かわいいでしょ。」

リーサはやさしい声でいった。スポットとタイガーは、両側《りょうがわ》から首をのばし、しわしわの小さい顔をのぞいた。口はちゅくちゅくとすう音を立て、手足はやたらにばたばたと動いている。

「セバスチャンというのよ。」

リーサはいった。

スポットは、小さい荷物のにおいをかいだ。ミルクを太陽にさらしっぱなしにしたような、あまずっぱいにおいがした。スポットは、鼻でつついて赤ちゃんを調べた。それから、ばたばたもがく足をなめはじめた。赤ちゃんは、けるのをやめた。リーサの腕《うで》の中で、じっとおとなしくなった。口から、くちゅくちゅ、ごろごろいう音が聞こえた。

「ほら、この子、気に入ってるよ。」

イェスパーがいって、スポットをなでた。

その日から数日間、スポットはセバスチャンから、目をはなさなかった。青草の上、花もようのかごに寝《ね》ているセバスチャンのすぐそばに、じっとすわっていた。何時間もそうして、赤ちゃんを見守った。こんなにたよりになるベビーシッターは、まずいなかっただろう。

毎晩《まいばん》イェスパーが子守歌をひくと、スポットが歌った。セバスチャンはうれしそうに指をすった。そのうちまぶたが重くなり、すぐにすやすやとねむるのだった。

こうして夏はすぎていった。セバスチャンはすくすくと育った。とてもおとなしくて、きげんのいい赤ちゃんだった。ときには小さい顔がくしゃくしゃになり、色が真っ赤に変《か》わる。するとスポットはすぐにかけつけ、どこが問題かをさぐった。においをかぎまわって、おむつをかえるように合図したり、足をくすぐって笑《わら》わせたりした。

空気が冷《つめ》たくなりはじめた。夏が終わりに近づいていた。リーサとイェスパーは、町にもどる相談をするようになった。

ある日リーサは大きなスーツケースをとりだし、ベッドにのせた。戸だなをあけ、セバスチャンの衣類《いるい》をまとめはじめた。スポットはリーサを目で追っていた。リーサはおむつのつつみを、スーツケースの奥《おく》につっこんだ。それから床《ゆか》にすわりこみ、スポットと向かいあった。スポットの肩《かた》に腕《うで》をまわすと、リーサはいった。

「あなたがいなくなると、どうしていいかわからないわ。」

それからさらにつづけた。

「ふたりとも町につれていけるなら、そうしたいのは山々なの。でもうちには部屋がないのよ。イェスパーの実家に間借《まが》りしているんだもの。子供《こども》ができただけでもいっぱいいっぱいなのよ。」

リーサはためいきをついた。そしてスポットのやわらかい耳に、鼻をこすりつけた。タイガーがリーサのひざにとびのった。

「でも夏がくれば、またもどってくるからね。それにイェスパーがシンフォニーを完成《かんせい》させたら、家を買うつもり。そしたらあなたたちもいっしょに暮《く》らせるわ。」

ふたりはキャンピングカーの中を整理し、荷物をまとめた。スポットとタイガーは草の上でながめていた。イェスパーは乳母車《うばぐるま》をうしろの座席《ざせき》につみこんだ。大きなスーツケースは、車の屋根にしばりつけた。車の下の毛布《もうふ》は、しまわずにおいた。リーサはえさ入れを、どちらもふちまでいっぱいにした。イェスパーはキャンピングカーに、大きな南京《なんきん》錠《じょう》をかけた。

イェスパーはスポットの前に、うずくまるといった。

「元気でな、ミュージシャン。」

スポットはお手をしながら、悲しそうな目で見つめた。リーサはタイガーをお別《わか》れにぎゅっとだきしめ、何ごとか耳にささやきかけた。タイガーはリーサの顔をなめた。

ふたりはセバスチャンをうしろに寝《ね》かせ、車に乗りこんだ。車はがたがたと小道を走りだした。リーサはあいた窓《まど》から手をだし、さよならとふった。

スポットとタイガーは、車が木々の向こうに姿《すがた》を消してしまうまで、じっと目で追った。

そのまま待っていると、遠くの道路を、赤い点のように小さくなった車が走るのが見えた。

その点も、ひとつカーブを曲がると消えてしまい、二度と見えることはなかった。

16　新しいすみか

スポットとタイガーは、しばらくキャンピングカーの下に住みつづけた。リーサが残《のこ》してくれた食べ物は、数日間もった。そのあとは外で見つけなければならなかった。たそがれがあたりをつつむころ、二ひきは森に入っていった。

タイガーは腕《うで》のいい狩人《かりゅうど》になった。するどい耳が、どんなに小さな音でもひろいあげる。タイガーは、しんぼうづよく待ちつづけ、前足をいなずまのような早わざでくりだして、えものをしとめるのだった。タイガーは、ネズミやレミングや小鳥をとって、生きていた。スポットはずっとたいへんだった。小さなネズミぐらいでは、大きなおなかにたまらない。スポットはいつもはらぺこだった。

ある夜二ひきは、川岸に寝《ね》そべっていた。そのとき水の中ではしゃぐ、茶色っぽい、からだの長い動物が見えた。大ネズミを引きのばしたような動物だ。そいつはとびはねては、水しぶきをあげていた。水にもぐって姿《すがた》を消したと思うと、また矢のように水からとびだし、空中でくるりと一回転して、またいきおいよく水にとびこむ。そいつはぴちぴちはねる魚をくわえて首をだし、またすぐに水にもぐった。

スポットは舌《した》なめずりした。あれぐらいの魚を食べてみたい。スポットは岸辺《きしべ》まで歩いていき、片《かた》ほうの前足をあげたまま、じっと流れをのぞきこんだ。川底《かわぞこ》の石のあいだを、何かが動いている。スポットは前足を、水につっこんだ。しぶきがあがった。だが魚のほうがすばしこかった。すいとぬけると、見えないところへ姿を消した。何度も何度もためしてみたが、最後《さいご》にはとうとうあきらめた。よい漁師《りょうし》にはなれそうになかった。

気候《きこう》が寒くなってきた。ある朝目がさめると、あたりいちめん霜《しも》で真っ白だった。スポットは、キャンピングカーのまわりを一周《いっしゅう》して、何の異常《いじょう》もないのをたしかめた。そのあと川に向かって出発した。タイガーもあとにつづいた。霜はもうとけている。小道をふちどるヒースは露《つゆ》にぬれ、ふまれて音を立てた。

二ひきは一日じゅう歩いた。夜になって、森のはずれをかすめる道路にたどりついた。そこでしばらく横になって休んだ。青黒い雲が、むくむくと空にわき出ていた。雷《かみなり》が二、三度聞こえたあと、間をおかずに荒《あ》れくるいはじめた。まるで頭の上に石がつぎつぎなだれ落ちてくるような音だ。雨が何千もの足で、道路をふみつける。タイガーはいやでたまらなかった。耳の中はごうごうと鳴りっぱなし。毛皮はびっしょりぬれて寒い。そこでスポットにぴったりよりそい、がたがたふるえていた。

あかつきがおとずれるころ、嵐《あらし》はやんだ。空はガラスのように透明《とうめい》にすみきっていた。あたりいちめん、ぬれた土のにおいがする。大きな鳥が一羽、木の枝《えだ》からとび立って、二ひきの前にばさりとおりた。けれども二ひきはつかれきって、立ちあがる気力もなく、寝《ね》そべったままで、鳥が地面をつつくのを、ながめているばかりだった。

それから二ひきは、人けのない道路を歩きだした。遠くで明かりがまたたいている。道路のわきに大きな建物《たてもの》があった。スーパーマーケットだと二ひきにはわかった。

二ひきはすわりこんで、朝がきて店があくのを、しんぼうづよく待った。最初《さいしょ》の車が何台か、駐車場《ちゅうしゃじょう》に入ってきた。スポットとタイガーは、入り口近くに場所を移《うつ》した。けれどもタイガーがどんなに鳴いて見せても、いっしょうけんめいに愛想《あいそ》よくしても、足をとめる人はそうなかった。子ねこは、スポットの頭にのるには、大きくなりすぎてしまったのだ。

そのようにして一日がすぎた。車はきて、さっていった。人間たちは店の大きなドアに流れこみ、流れ出た。話しかけたり、おいしいものをくれる人もたまにはいたが、飢《う》えをしずめるにはとても足りなかった。駐車場《ちゅうしゃじょう》から車の姿《すがた》が消えていった。店のドアは、かたくとざされた。

仕方なく動きだそうとしたとき、スポットのからだがびくりと引きつったのを、タイガーは感じた。見ると、頭をあげ、何かに聞き入っている。そのときタイガーにもそれが聞こえた。だれかが泣《な》いている。スポットは立ちあがった。近くのカフェの前に駐車してある、車のかたまりのほうに歩きだした。

今では泣き声がはっきり聞こえた。車のあいだに乳母車《うばぐるま》が一台あるのが見えた。そこから声が聞こえてくるのだ。スポットはあたりを見まわしたが、近くに人間はひとりもいない。そこでさらに近づいていった。泣き声にあわせて、乳母車がゆれている。スポットはふちに前足をかけ、うしろ足で立って、中をのぞいた。真っ赤にいかりくるった顔が、青い羽根ぶとんのあいだに見えた。

泣《な》き声《ごえ》がぴたりとやみ、赤ちゃんはおどろいたようにスポットを見た。けれども、すぐまた顔はしわくちゃにゆがみ、赤ちゃんはさっきよりさらに大声で泣きわめいた。スポットは立ったまま、しばらく赤ちゃんを見つめた。それからすとんと地面に足をおろした。頭を車にあてがい、ゆすりはじめた。

ドアがひらいた。カフェの中から音楽と笑《わら》い声《ごえ》があふれだし、十代の若者《わかもの》の一団《いちだん》が姿《すがた》をあらわした。広場にとめた車に向かった若者たちは、そこで乳母車《うばぐるま》をゆすっているスポットに気づいた。

「うっひゃ、あのワン公見ろや。赤んぼゆすってるぜ。」

ひとりがいった。

少女がひとり、集団《しゅうだん》からぬけだし、乳母車の前にきた。少女は泣きわめく赤ちゃんをのぞきこんだ。

「どうしちゃったの、ね?」

少女はそういって、赤ちゃんをだきあげた。

「びっちゃびちゃだ。」

少女は鼻にしわをよせた。

「ばっかじゃないの?　そんなとこに赤んぼほっとくなんてさ。」

別《べつ》のだれかがいった。

「カフェの窓《まど》から見えるもん。」

少女はいって、赤ちゃんを乳母車《うばぐるま》にもどした。そして押《お》しながら、自動車のあいだを歩きだした。

「おうちに帰って、おむつをかえましょね。」

少女はいいながら、道路に出た。

スポットとタイガーは、その場で少女を見送っていた。少女は赤ちゃんをだまらせようとしかりつけた。けれども赤ちゃんは、ますます泣《な》きわめくばかりだ。

スポットはすっくと立ち、人間のあとをつけはじめた。タイガーも身軽に、うしろにつづいた。少女はつけられていることに気づいた。くるりとふり返ると、二ひきの動物と顔をあわせた。

「あっちいけ!」

少女はおこって、腕《うで》をふりあげた。けれどもスポットはひるまない。距離《きょり》をたもって歩き、乳母車《うばぐるま》から目をはなさなかった。

一行は進んでいった。少女が乳母車を押《お》しながら、先を。スポットとタイガーが数歩あとを。

少女はだんだんいらいらしてきた。うしろを向くと、地面をふみ鳴らした。

「あっちいけって、いうんだよ！」

そういうと、何歩か前に出て、追いはらおうとした。スポットはくちびるを引いて、するどい犬歯《けんし》をむきだした。少女はあわてて前を向き、乳母車にしっかり手をかけると、走るように道路を進んだ。

しばらくいくと、白い大きな家が見えてきた。向かい側《がわ》に、戸口にこうばいのきついわたり板がついた、赤い建物《たてもの》がある。となりあった草地では、何頭かの馬が、えさを食べている。馬たちは口を動かすのも忘《わす》れ、門に向かって歩く奇妙《きみょう》な行列を、おもしろそうにながめていた。

少女は門を細めにあけて、乳母車をすべりこませた。それからスポットとタイガーの鼻先で、ぴしゃりとしめた。乳母車《うばぐるま》を白い家まで押《お》していく。赤ちゃんはまだ大声で泣《な》いていた。

窓《まど》があき、だれかが首をだした。それからまた窓はしまり、女の人がひとり、玄関《げんかん》から出てきた。その人は乳母車に歩みより、泣きわめく赤ちゃんをだきあげた。そして胸《むな》もとにだきよせ、青い羽根ぶとんにつつまれた背中《せなか》を、軽くたたいてやった。

女の人は少女に向きなおった。

「どうしてこんなに帰りがおそかったの？　ヒルデはとっくにごはんをすませて、おむつをかえてやらないといけなかったのに。」

そういうと、赤ちゃんにほおずりをした。

少女は目をぱちぱちさせ、何をいっていいのかわからないようすだった。それから門の外にいるスポットとタイガーに、指をつきつけた。

「その大きな犬が、ついてきたんです。そいつ、乳母車を押したから、赤ちゃんが泣きだして……。」

女の人は、門に目をやった。スポットは落ち着いた目で見返した。

「で、そのときあなたはどこにいたの？」

女の人は少女をふり返ってたずねた。

「カフェにいただけです。」

少女はつっかかるように答えた。

「だって、窓《まど》からずっと乳母車《うばぐるま》を見てたんだもん。」

女の人は、顔をこわばらせた。

「ヒルデをひとりにして、カフェにいたというのね？」

その目に冷《ひ》ややかに見つめられ、少女はうつむいて、足で地面をこすった。

「部屋にいって、荷物をまとめなさい。もうあなたを子守にやとっておきたくないから。」

女の人はそういうと、乳母車を階段《かいだん》わきの定位置《ていいち》にもどし、少女といっしょに家に入っていった。

スポットとタイガーは、あたりを見まわした。白い家は、よくこえた土にめぐまれた、広い土地にかこまれていた。車が一台、中庭にとめてある。赤い建物《たてもの》の外には、黄色のトラクターがあった。少しするとあの少女が、大きなバッグを肩《かた》にかついであらわれ、道路のほうに歩きさった。

馬はまた、食事をはじめていた。青草をむしりとっては、黄色い大きな歯でかみつぶした。森で出会った、あのおそろしい動物に似《に》ている、とタイガーは思った。

スポットは起きあがり、かこいに向かって歩いた。少しもこわがっていない。馬のうち、一頭が草をかむのをやめ、大きな目で、じっとスポットを見つめた。スポットは、かこいのすきまに鼻をつっこんだ。中にいたのは、つやつやした茶色の毛皮の馬で、ひたいに白のぶちがあった。馬は、白っぽくて長い尾をふった。そしてスポットにふた足三足近づいた。

タイガーは安全な距離《きょり》をたもっていた。馬は長い首をのばして、スポットのにおいをかいだ。二ひきは長いあいだあいさつをかわした。タイガーは勇気《ゆうき》をふるい起こし、スポットの足もとにもぐりこみ、前足のあいだから首をだした。重ったるく強いにおいが、鼻の中に広がった。タイガーはそのにおいが気に入った。

馬はさらに食事をつづけ、スポットとタイガーは、門の外にじっとしていた。

夜になると、家から男の人がひとり出てきた。その人はかこいに入って、あの茶色の馬

に近づいた。馬に話しかけながら、ひたいの白いしるしをなで、そのあと、大きな赤い建《たて》物《もの》に引いていった。他の馬も、あとにつづいた。

スポットとタイガーは、門のすぐ外にあるみぞの中に、足をからみあわせてぴったりとよりそった。二ひきともおなかがぺこぺこだ。スポットは白い家の明るい窓《まど》を、ものほしそうに見つめた。あたりはすぐに暗くなった。スポットはタイガーの背中《せなか》をまくらにして、目をとじた。

ようやく朝になったので、二ひきはかこいをとびこえ、何か食べるものはないかと、家のまわりを一周《いっしゅう》した。地面をあさりまわったが、ひからびたジャガイモが少し見つかっただけで、しかもたいしておいしくなかった。

二ひきは、また門の外にじんどり、家からだれか出てくるのを待った。ようやく玄関《げんかん》があき、あの女の人があらわれた。赤ちゃんを腕《うで》にだいている。女の人は赤ちゃんを乳母《うば》車《ぐるま》に寝《ね》かせると、中庭にある大きな木の下に押《お》していった。羽根ぶとんをなおし、乳母車をゆすってから、ふたたび家に入った。

スポットはしばらく乳母車に顔を向けていた。が、そのうちどうにもがまんができなくなった。ひとっとびでかこいをこえて、中庭を走った。そして乳母車《うばぐるま》の横にすわった。スポットはぶちもようの頭を、ぐいとのばした。

タイガーのほうは、ぶらぶらとようすをさぐりながら歩いていった。どこもかしこも、はじめてのにおいや音であふれている。

赤い建物《たてもの》の裏手《うらて》には、ふとったにわとりがたくさんいて、おりの中をのし歩いていた。タイガーは目をせばめた。舌《した》なめずりをした。そしておりに前足をかけた。にわとりたちは羽根をふくらませて、こっここっことやたらに大さわぎをしでかした。どこかに入るところはないかと、タイガーはおりのまわりを一周《いっしゅう》してみた。網《あみ》の穴《あな》に前足をつっこもうともしてみた。おりをがたがたとゆすり、にゃあにゃあうるさく鳴いてみた。それから今度はスポットにぐちをこぼそうと、またぶらぶらもどっていった。

スポットは同じ場所で赤ちゃんのおもりをしていた。そこでタイガーも寝《ね》そべり、弱々しい日の光の中で、うたたねした。

乳母車の中から、しゃくり声が聞こえた。はじめはかすかに。しばらくすると、耳をつんざくようなわめき声に変《か》わった。タイガーがさっと起きあがった。スポットはからだをよせて、乳母車《うばぐるま》を押《お》した。玄関《げんかん》の戸があき、あの女の人があらわれた。そして乳母車に近づいた。大きなぶち犬が乳母車をゆすっているのを目にして、ぴたりと足をとめ、その場に立ちつくしたまま、目をまんまるにした。

「まさか、そんなこと……。」

女の人はいって、ゆっくりと近づき、スポットの前にすわりこんだ。

「ヒルデのおもりをしてくれてるの？」

女の人はそういって、手をさしのべた。スポットはにおいをかいだ。

「なんてえらい子守さん。」

女の人は、ほめてくれた。そのとき、タイガーにも目がとまった。女の人は今度はタイガーに手をのばし、おなかをなでてやった。

女の人は立ちあがり、赤ちゃんをだきあげた。玄関に向かって歩きだしながら、スポットとタイガーに手まねきした。一同は、大きくて奥《おく》ゆきのある台所に入った。男の人がひとり、テーブルについて、コップの中身をすすりながら、新聞を読んでいた。きのうかこいの中で馬に話しかけていた、あの男の人だった。

「ハルボル。」

女の人はいった。

「新しいベビーシッターを見つけたわ。」

女の人は、スポットがどのように乳母車《うばぐるま》をゆすって、ヒルデを泣《な》きやませようとしたかを話した。

それから女の人は、赤ちゃんのおむつをかえるため、台所を出ていった。ハルボルは新聞から顔をあげた。そしてスポットをよんだ。

「おまえ、どこからきたんだ？」

たずねられたスポットは、近づいて、ひざに頭をのせた。ハルボルは、犬をなでてやった。

「はらがへってるんだな。」

そういうと、戸だなの奥《おく》から大きな袋《ふくろ》を引っぱりだした。袋をかたむけ、茶色のつぶつぶを皿に山もりに入れ、スポットの前においた。スポットはためらいもしなかった。あっというまに皿はからっぽだった。ハルボルは残《のこ》りをぜんぶあけてやった。そしてスポットが食べるようすを、じっとながめた。

今度はぼくの番だ、とタイガーは思った。そしてせがむような鳴き声をあげながら、とことこと台所の中に入りこんだ。

「おまえも何かほしいのかい、にゃんちゃん？」

ハルボルはそういうと、また戸だなにいって、かんづめをだしてきた。そしてかんの中身を、スプーンで皿の上にかきだした。タイガーはにおいをかいだ。すぐに皿がぴかぴかになるまでなめてしまい、人間の足にからだをこすりつけた。ハルボルは、子ねこをだきあげた。タイガーはまるくなって、ごろごろいった。

スポットはおかわりの分も食べおえた。ハルボルの前に出ると、黄色の目でじっと見つめた。ハルボルは、からだをなでてやった。なでているうち、指が何かかたいものにふれた。ハルボルはタイガーを床《ゆか》におろして、立ちあがった。そしてスポットの腹《はら》の毛を指で分け、横腹《よこばら》をつっきって走る、赤くもりあがった傷《きず》あとを見つけた。

「ふうむ。」

ハルボルは深くうなった。

女の人が台所にもどってきた。赤ちゃんを胸《むね》にだき、いすにすわった。

「どこからきたのだと思う？　何か身もとがわかるものはあるかしら？」

と女の人はたずねた。

「いや。首輪《くびわ》もつけてないしな。虐待《ぎゃくたい》を受けていたようだ。おなかに長い傷《きず》あとがある。」

ハルボルはそういうと、女の人に見えるように、毛をかき分けてみせた。

「かわいそうな子。」

スポットが大人なのはわかっているのに、女の人はそういった。

「きっと逃《に》げだしてきたのね。」

「ひどく腹《はら》をすかせていたよ。長いあいだまともに食べていなかったんだろう。パーンのだったドッグフードの残《のこ》りをやったんだ。」

「しばらく飼《か》ってやりましょうよ。やせたからだが、もとどおりになるまででも。」

と女の人がいった。

スポットはうれしそうなため息をつき、タイガーはハルボルの腕《うで》にとびこんだ。ようやく新しいすみかが見つかったのだ。

17　うまやの火事

冬が曲がり角の向こうで待ち受けていた。日ごとに寒くなり、空気はすみきって、するどく引きしまった。草地の水たまりが、底《そこ》までこおりついた。納屋《なや》の前の茂《しげ》みは、きびしい風に吹《ふ》かれ、がんこな頭をさげた。

タイガーは、朝になるとしばらく階段《かいだん》の上でもじもじまよい、それからようやく決心して、つるつるの水たまりに足をふみだす。かじがわりにしっぽをぴんと立てて、氷の上を全速力ですべっていく。けれども、ときにバランスをくずして、足を四本とものばしたかっこうで、べったりと腹《はら》ばいにのびてしまった。

雪もふりだした。はじめは細かく、軽い粉《こな》のようなのが。つづいてぼってりとしたのが前も見えないほどふりしきり、木々や茂みに白いドレスをまとわせ、草地に白くて厚《あつ》いじゅうたんをしきつめた。

ハルボルは雪かきをして大きな山をこしらえた。タイガーも手伝《てつだ》った。山にとびのったりとびおりたりしては、ハルボルがすくう重いかたまりを受けとろうとした。空中高く舞《ま》いあがり、からだをくるりとひねって、雪の上に足から着地した。

スポットは外に出なかった。床《ゆか》をはいまわるヒルデを見守っていたのだ。スポットはベビーサークルの外で横になり、うとうとするのが好《す》きだった。ヒルデがたいくつして泣《な》きだすと、さくのあいだに鼻をつっこんだ。ヒルデはがらがらでたたき、ひげを引っぱった。それでもスポットは、しんぼうづよくがまんしていた。

「こんないい子守さんは、どこをさがしても見つからないわ。」

とヒルデのお母さんのイングビルは、いった。

タイガーは、うまやが一番好きだった。あの大きな動物の馬が、住んでいる建物《たてもの》だ。今ではもう、馬たちとは大の親友だった。タイガーは、馬のいる仕切りを少しずつたずねて、お客になりにいった。

馬は六頭いた。ブラッキー、ドール、レディー、ソヨカゼ、ナポレオン、そしてグーリ。タイガーはグーリが一番好きだった。いつでもまっ先にあいさつにいった。グーリは、ひたいにすだれのように落ちる前髪《まえがみ》ごしに、気のいい目でタイガーをじっと見つめた。首には、黄色いブラシのようなこわい毛が、一列に生えていた。グーリはやわらかい鼻づらでタイガーのからだをなで、鼻の穴《あな》からもうもうと蒸気《じょうき》のような息を吹《ふ》きかけた。息がかかるとくすぐったかった。

ブラッキーはレディーの子供《こども》だ。レディーは足先がすべて、くつ下をはいたように白くて、上品だった。ソヨカゼは、茶色の大きな目のあいだに、白いはん点があった。ナポレオンは、ゆだんがならなかった。とても気まぐれなのだ。きげんが悪いと足をふみならし、近づくものなら何でもけりつけた。

馬の世話をするのは、イングビルだった。干《ほ》し草《くさ》を食べさせ、ぴかぴかにブラシをかけてやった。そのあと馬場につれだした。毎日子供たちがやってきて、乗馬をした。イングビルが馬場の中央に立ち、指揮《しき》をとると、馬は子供たちを背中《せなか》に乗せ、円をえがいて歩いた。

ときには森に遠乗りに出ることもあった。そのときはイングビルがナポレオンに乗って先頭に立ち、残《のこ》りは長い列をつくってあとにつづいた。スポットは遠乗りが好《す》きで、馬の横を、前にいったりうしろにさがったりして走りながら、全体を守っていた。

二ひきは農場での生活に根をおろした。ハルボルは町でたずね歩いたが、犬とねこが逃《に》げたうわさは、だれも知らなかった。

「こいつたちが、うちの子になればいいのにな。」

とハルボルはいった。

「死んだパーンのあとに、新しい犬がほしいんだ。」

「そうね。それにちゃんとした農場には、ねこがいるものよ。」

イングビルもいって、タイガーを高くだきあげた。

「おまえの名前はモンスよ。ほら、昔話に出てくる大食らいのねこ。農場のねこにぴったりの名前でしょ。」

とイングビルはいった。スポットのことは、いい子ちゃん、とよんでいた。

二ひきは、夜は玄関《げんかん》の間に寝《ね》た。ハルボルが先代の犬パーンの寝ていたバスケットを納《な》屋《や》から持ってきたので、スポットはそこでねむった。タイガーは、スポットのおなかをまくらにするか、窓《まど》ぎわのひじかけいすのクッションで寝た。

ある夜タイガーは、スポットのおなかからころげ落ち、びっくりして目をさました。スポットはバスケットを出て、不安《ふあん》げに空気のにおいをかぎながら、うろうろといったりきたりをくり返している。タイガーはいすにとびあがり、まねをしてにおいをかいだ。すえたにおいが、室内にしのびこんできていた。

スポットは二本足で立って、前足を窓《まど》わくにかけた。観葉植物《かんようしょくぶつ》のあいだに、顔をつっこんだ。とつぜんバアンと大きな音がして、空が真っ白に光った。黒い煙《けむり》が納屋《なや》の屋根から立ちのぼった。

スポットはふたたび床《ゆか》に前足をおろした。廊下《ろうか》に出て、ドアのとってにとびついた。ドアをあけようと、体あたりしてみる。つぎにつるつるすべる金属《きんぞく》部分を前足で引っかいた。つめに引っかかれて、ドアの板が大きくささくれ、そのささくれが前足にささった。それでもスポットはうしろ足で立ったまま、とってにかみつき、板に頭突《ずつ》きをくらわした。タイガーは、あたふたと足のあいだにもぐりこみ、ぴいぴい鳴きわめいた。

ようやくスポットが、とってをさげるのに成功《せいこう》した。鼻でドアを押《お》しあけ、せいいっぱいほえながら、全速力で二階《かい》までかけあがった。

スポットはイングビルとハルボルの寝室《しんしつ》のドアにとびかかった。そしてひとっとびでベッドの真ん中に着地し、こまくがやぶれそうなほえ声で、ふたりを起こした。

「何だ、いったい……。」

ハルボルが、目をぱちくりさせて起きあがった。

スポットは戸口に向かって走った。ふり返り、ハルボルとイングビルをじっと見つめた。

ハルボルはふとんをはねのけ、窓辺《まどべ》にかけよった。

「納屋《なや》が燃《も》えてる！」

ハルボルはさけんだ。

「馬だ！　馬を助けなきゃ！」

ハルボルは夢中《むちゅう》で階段《かいだん》をかけおりた。

イングビルはサイドテーブルの電話に手をのばした。

「ハムレ農場の納屋が火事です！」

イングビルは受話器《じゅわき》に向かってどなった。そしてベッドからとびおり、ハルボルのあとを追った。

火が納屋《なや》の正面をなめていた。炎《ほのお》の柱が夜空をこがしている。すすが黒い雨のように、中庭にふりしきる。中からおびえきった馬たちの、すさまじいいななきが聞こえる。ひづめが仕切りをけりつける音も。

ハルボルはとびらに走った。腕《うで》で顔をおおい、一、二歩前に出たが、それ以上《いじょう》は進めない。とても近づけない熱さだ。

イングビルはうろたえて、右往左往《うおうさおう》している。涙《なみだ》が顔に滝《たき》をつくっている。それでも、燃《も》えるかべの向こうにいる馬たちを、大声ではげましていた。

ハルボルが納屋の裏手《うらて》にまわりこんだ。火はここまではまだ、まわっていない。とり小屋の横に、トラクターがとめてあった。ハルボルは、わずか二歩でとびつき、運転席《うんてんせき》によじのぼった。エンジンをかけると、全速力で納屋につっこんだ。トラクターは、轟音《ごうおん》とともにかべにぶつかった。かべは大きくゆれたが、こわれない。トラクターを後退《こうたい》させ、もう一度納屋に向かって突進《とっしん》した。重い金属《きんぞく》のアームが、何度も何度もじょうぶなかべに攻《こう》撃《げき》をかける。ようやくめりめりと音を立てて、かべに大きな穴《あな》があいた。

最初《さいしょ》に穴をくぐったのは、イングビルだった。まず、ナポレオンにかけよった。たてがみが広がって黒い雲に見えるほど、首をはげしくふっている。身の毛もよだつようないななきをあげながら、つながれている綱《つな》を引っぱっていた。長い足が仕切りの中でもがく。

　イングビルはようよう仕切りにたどり着いた。綱をほどき、ナポレオンを穴《あな》のほうに引っぱった。そこへハルボルも入ってきた。そして別《べつ》の仕切りで作業にかかった。

　火がじりじりと近づいてくる。熱《あつ》くてもう、がまんできないほどだ。パニックにかられたレディーは、ハルボルを引きずって炎《ほのお》の海にとびこもうとした。ハルボルは必死《ひっし》になってレディーの向きを変《か》えさせ、穴から押《お》しだした。レディーは嵐《あらし》のように、中庭に突進《とっしん》した。

　最後《さいご》の馬を外にだしたそのとき、すさまじい音がした。納屋《なや》の屋根全体が、わき立つ炎の海に姿《すがた》を消したところだった。今や納屋は、燃《も》えさかる火のかたまりだった。炎は黄色い舌《した》で、黒くこげたかべをぺろりとのみこんでしまった。

　ようやくサイレンの音が聞こえた。消防車《しょうぼうしゃ》が何台も、フルスピードで中庭にすべりこんだ。黒い制服《せいふく》の消防士《しょうぼうし》が、わらわらとおりたった。そしてホースをのばし、高く弧《こ》をえがく水柱を、ぱちぱちはぜる大たき火に向けて吹《ふ》きだした。

イングビルとハルボルは、馬たちを中庭のかこいに保護《ほご》した。たくさんの人が集まってきた。人々は黒っぽいかたまりをつくって中庭の前によりつどい、燃《も》えさかる納屋《なや》が、ところどころに赤いおきを残《のこ》して、くすぶる山に変《か》わっていくようすを、声もなく見つめていた。ハルボルがイングビルの肩《かた》に、手をまわした。ハルボルの顔はすすで真っ黒で、まゆげは焼《や》けちぢれていた。何人かの人が毛布《もうふ》をかかえてかけより、ふたりの肩にかけてくれた。

何時間かたち、すべてが終わった。納屋は焼け落ちてしまっていた。真っ黒に燃えた材木が数本、ぶすぶすと音を立て、白みかけた空に灰色《はいいろ》の煙《けむり》を送っていた。イングビルは、ハルボルの腕《うで》の下に顔をうずめた。

「じょうできよね。」

イングビルは、ハルボルのパジャマにつぶやいた。

「馬はぜんぶ助けたんだもの。」

「そうだ。いい子ちゃんのおかげだよ。」

ハルボルは答え、中庭に目を向けて、犬の姿《すがた》をさがした。

18　見つかったわが家

スポットはみんなの英雄《えいゆう》になった。あの火事で動物も人間も死なずにすんだのは、ひとえにスポットのおかげだった。ハルボルもイングビルも、どうすればじゅうぶんなお礼をいえるのか、わからなかった。ふたりともからだじゅうをなでてくれ、ごちそうをくれた。

スポットは、少しもいい気になったりしなかった。床《ゆか》をころがりまわるヒルデの世話をすることで、頭がいっぱいだったのだ。なにしろ台所と居間《いま》のあいだには、危険《きけん》がごろごろがっているのだから。

タイガーは、馬たちがいなくなって、さびしかった。馬たちは、となりの農場にあずけられたのだ。新しいうまやができるまで、そこにいることになっている。タイガーは、毎《まい》晩《ばん》馬の世話をしにいくイングビルについていった。

馬たちは、まだ火事のショックからぬけていなかった。ことにナポレオンは重症《じゅうしょう》で、仕切りの中でさかんにいななき、落ち着かずにはねまわっていた。イングビルがずいぶん長くなだめて、ようやく落ち着かせた。そうしないと、背中《せなか》にブラシをかけてやることもできなかった。

タイガーは仕切りから仕切りへとわたり歩き、みんなとおしゃべりをした。馬たちはすべすべした鼻をつきだして、再会《さいかい》をよろこんだ。

うまやは全焼《ぜんしょう》し、黒くねじれた炭のかたまりになってしまった。焼《や》けあとは何日もいぶりつづけ、すえたにおいの煙《けむり》が、いちめんにただよった。タイガーはわざわざにおいをかぎに出かけた。白い雪の上に、足あとの黒い梅《うめ》の花が、点々とさいた。ハルボルは毎日町に出かけた。うまやを再建《さいけん》するためには、数えきれない手つづきが必要《ひつよう》だった。

火事の記事は新聞に出た。スポットの写真まで、掲載《けいさい》された。ある新聞は、スポットとタイガーのことを、どこからともなくやってきて住みついた犬とねことして、紹介《しょうかい》していた。

ある日の朝食どきだった。中庭に車が一台入ってきた。ハルボルはついさっき、車で町に出かけたところだった。ヒルデは台所で、赤ちゃん用の背《せ》の高いいすにすわっていた。

イングビルは、ヒルデにおかゆを食べさせていた。スポットはバスケットの中で、うとうとしていた。そしてタイガーは、朝の顔洗《かおあら》いをしていた。

やにわにスポットが首をあげた。耳がぴくりと立った。スポットは起きあがり、バスケットから出た。それから床《ゆか》の真ん中にすわって、耳をすました。今では人間にも、車のドアがしまる音、すべらないようにこわごわ氷の上を進む足音が聞こえた。スポットが、低《ひく》くうなりだした。大きな頭だけを外にだして、ベンチの下にもぐりこんだ。

だれかが玄関《げんかん》の段《だん》をあがり、戸をたたいた。イングビルはスプーンをおかゆのわんにもどし、立ちあがって、戸をあけにいった。タイガーとスポットの耳に、イングビルの声と、かん高く早口でしゃべるだれかの声が聞こえた。黒い毛皮のコートを着た女の人が、イングビルについて、台所に入ってきた。女の人は、ひっきりなしにしゃべっていた。

「新聞の写真を見て、スポットかもしれないと思いましたの。目の上にちょうど同じもようがありましたものでね。」

女の人は台所を見まわしたが、ベンチの下の犬は見つけられなかった。イングビルはいすをすすめた。女の人はコートをわきにおいて、腰《こし》かけた。

タイガーがにおいをかぎにいった。毛皮のコートが、いすのふちからはみ出ていた。はじめてスポットに出会ったとき森で見た、三角の顔ととがった鼻のこわい動物に似《に》ている。女の人はハイヒールのブーツで、タイガーを追いはらおうとした。タイガーは気分を悪くして、引きさがった。

スポットはベンチの下で、声もださない。からだもぴくりとも動かさない。ただ黄色い目を、女の人にくぎづけにしていた。その視線《しせん》を感じたのだろうか、女の人は急にふり向いた。ベンチの下の犬と、ぴったり目があった。

「スポット！」

女の人は、おおげさにさけんだ。いすから立ちあがり、手をさしのべて、一歩前に出た。スポットはまだ動かない。今まで会ったことがないとでもいうように、無表情《むひょうじょう》な目で、相手を見つめるばかりだ。

「おいで、スポット。」

と女の人はよんだ。

「ママのところにおいで！」

スポットは、動く気配すら見せない。女の人は、深くからだを曲げた。ころばないように、テーブルのへりをつかみながら。

イングビルはそれまで立ったまま見守っていたが、いすを引きだし、テーブルわきにすわった。

「こっちにおいで。」

イングビルは、やさしくスポットに声をかけた。スポットはすぐに立ちあがった。ベンチの下からするりとぬけだし、女の人を大きくさけてまわりこみ、イングビルの横にすわった。女の人は自分のいすにもどった。イングビルは、スポットの背《せ》に手をおいた。

ヒルデがおかゆのスプーンをとって、いすをたたいたので、おかゆがとびちった。だれも赤ちゃんに目を向けなかったが、タイガーだけは別《べつ》で、この機会《きかい》をちゃっかり利用《りよう》して、二度目の朝ごはんにありついた。

イングビルの手が、スポットの頭からしっぽまでをなでた。指先が、短い毛にすじもようをえがいた。

「それで、やはりこの子は、おたくの犬でした？」

ゆっくりとたずねた。

「ええ。」

と女の人は熱《ねっ》のこもった声で答え、もう一度スポットに手をさしのべた。

低《ひく》いうなり声が、スポットから聞こえてきた。のどの奥《おく》で生まれたかすかなひびきが、口からとどろきとなってとびだし、台所のかべにひびきわたった。女の人はよろよろとしりぞいた。ヒルデはあんまりびっくりして、スプーンを落としてしまった。スプーンは、ちゃりんと音を立てて床《ゆか》に落ちた。足はけりかけた形のままとまり、そのまま空中でこおりついた。

「知りあいではないといってるみたいですけど。」

うなり声がようやくおさまったところで、イングビルがいった。

女の人はいすにすわって、もじもじした。指が神経質《しんけいしつ》そうに、毛皮をひねくる。

「いつ、いなくなったんですか？」

イングビルがたずねた。

「一年ほど前に、逃《に》げたんです。」

女の人はいった。さっきより声が落ち着いていた。ブーツの足を組み、コートの毛をなでてそろえる。

「いつのまにか消えてしまったんです。ひもをつけたままで。」

イングビルは何もいわない。女の人はことばをつづけた。

「とても高価《こうか》な犬なんです。お金をたくさんつぎこみましたわ。血統《けっとう》はすばらしいし、からだのもようも、きわめてめずらしいものです。」

イングビルの手は、うわの空でスポットの首すじをなでていた。その手が横腹《よこばら》にのび、そこでとまった。イングビルは、毛をかきわけて見せた。赤くもりあがった傷《きず》あとが、表にあらわれた。

「ひどい目にあわされたようですけど。」

イングビルはいって、女の人をにらんだ。

「がんこな犬で。」

と女の人は答えた。

「いうことをきかせるために、主人がむちで打ったんです。」

イングビルは手をはなし、腕《うで》を組んだ。そしてまっすぐに、相手を見つめた。

「この犬がおたくのだったら、お返ししないとね。」

そういうと、立ちあがり、廊下《ろうか》に消えた。つぎに引きひもを持って、もどってきた。

「どうぞ。」

そういうと、引きひもを女の人の手に押《お》しつけた。そして、いすにすわりなおした。

台所がしんとしずまりかえった。ヒルデさえ、おとなしくすわったままだ。女の人は立ちあがり、スポットに向かって一歩進んだ。そして投げなわのように投げて、首にまきつけようとした。スポットは、耳がほおにあたるほど、はげしく首をねじってかわした。そして女の人の手にかみついた。のどからは、身の毛もよだつような音がもれている。女の人はよろよろとあとずさりし、いすにぶつかって、ななめにたおれこんだ。

「かんだわ！」

女の人は、逆上《ぎゃくじょう》してわめいた。そして自分の手をじっと見つめ、手の甲《こう》をこすった。

イングビルは前に出て、客の手をとった。白くて、傷《きず》などついていない。

「ご相談ですけど、この犬を、うちで買いとっていいかしら。買われたときと同じ額《がく》をおはらいします。」

イングビルはいった。

女の人は一瞬《いっしゅん》ためらった。スポットを見る。スポットはじわじわと口をあけ、長くするどい犬歯をむきだしにした。女の人は身ぶるいした。そしていった。

「それが一番いい解決法《かいけつほう》かもしれませんわね。」

女の人がある値段《ねだん》をいうと、イングビルはすぐとなりの居間《いま》に消えた。タイガーがついていった。イングビルはつくえの引きだしをあけ、乗馬クラスの会費《かいひ》がしまってある箱をとりだした。そしてお札《さつ》を数えて、厚《あつ》いたばにまとめた。箱をしめ、もとの場所にもどした。

台所にもどったイングビルは、女の人の手に札たばをにぎらせた。女の人はお札を数えた。札たばをハンドバッグに押《お》しこみ、ぱちんと音を立ててバッグをしめた。そのあとはスポットをふり返りもせず、くるりときびすを返して、いきおいよく台所から出ていった。イングビルとスポットとタイガーは、その場に立ったまま、車のエンジンがかかり、門の外に消えていく音を聞いていた。

イングビルはスポットのかたわらに腰《こし》をおろし、にっこりと笑《わら》った。

「いい取引ができたわよ。」

イングビルはいって、スポットの前足をとった。スポットはイングビルの、はじめは手を、それから顔を、いっしょうけんめいになめた。イングビルは声を立てて笑《わら》い、スポットの鼻に自分の鼻を押《お》しつけた。タイガーも前にとびだし、イングビルの腕《うで》にかじりついた。

スポットは起きあがって、戸口に向かった。外に出たいと知らせているのだ。

イングビルはヒルデを腕にだきあげ、戸口で見送った。スポットはタイガーをおともに、段々《だんだん》をかけおりていった。それから外がこいをひとまわりして、うまやの焼《や》けあとをめざした。目かくしの向こうにまわって、にわとりのようすを観察《かんさつ》する。そうしながら、あっちでちょっぴり、こっちでちょっぴり、とおしっこをかけた。つぎに草地の大木の下に腰をすえ、耳をぱたぱた鳴らしながら、耳のうしろをかいた。ひととおり終わると首をのけぞらせ、大きな声でほえた。

その声はとなりの農場にあずけられた馬たちにまで聞こえ、馬たちは頭をあげ、いなないて答えた。にわとりもスポットの声におどろいて、こっここっこと鳴き、ヒルデとイングビルは笑《わら》った。もしかしたらその声は、町で新しいうまやの相談をしている、ハルボルの耳にまでとどいたかもしれない。

スポットは木の下にのんびり寝《ね》そべり、タイガーはその前足にとびこんだ。

二ひきはついに、ほんとうの家を見つけたのだった。

訳者《やくしゃ》あとがき

なかよしの犬とねこのお話を訳《やく》しながら、昔飼《か》っていた犬のことを思い出しました。ある日のこと、ねこが庭に迷《まよ》いこんできました。犬は、はじめのうちこそほえていましたが、いっしょにごはんをやっているうち、いつのまにか敵意《てきい》も消えたようです。二ひきはぴったり寄《よ》りそってお昼寝《ひるね》をし、犬が散歩《さんぽ》にいくときは、ねこが途中《とちゅう》までついてきました。裏《うら》のあき地であそんでいる犬が帰ってこないときはいつも、ねこに「そろそろ呼《よ》んできて。」とたのみます。すると、しばらくして、ねこは犬と連れだって帰ってきました。信《しん》じてもらえないかも知れませんが、ほんとに本当の話です。

この物語の主人公、犬のスポットと子ねこのタイガーは、もっと不幸《ふこう》な状況《じょうきょう》で出会います。虐待《ぎゃくたい》されて家を出たスポットと飼《か》い主《ぬし》にすてられたタイガー。二ひきの心のつながりは、だからとても深いものだったにちがいありません。スポットは森の小動物をとらえて飢《う》えをしのぎ、タイガーはスポットのお乳《ちち》をすって生きのびます。しかし冬の森はきびしく、野生動物でない二ひきには、人間の助けが必要《ひつよう》でした。タイガーを母親のように守り、いつくしむスポットと、その愛情《あいじょう》に全身であまえるタイガー。そのけなげさ、愛《あい》らしさが人間たちをひきつけます。二ひきは何人ものやさしい人間に出会いますが、やがて別《わか》れの日がきて、また旅をつづけなければなりません。タイガーとスポットに、いつまでもいっしょに暮《く》らせる飼《か》い主《ぬし》は見つかるでしょうか。

『だんまりレナーテと愛犬《あいけん》ルーファス』でデビューした作者フローデは、しんから動物が好《す》きな人らしく、この『すてねこタイガーと家出犬スポット』も犬とねこが主人公です。この物語は、動物の視点《してん》から書かれていますが、二ひきはもちろん、人間の言葉を話すわけではありません。ノルウェーの自然《しぜん》の中を、安住のすみかを求《もと》めてただただ歩いていく、大きな犬と小さなねこ。なんだかドキュメンタリー映画《えいが》を見ているようです。

フローデはこの作品のあとも、犬が主役をはたすお話を書いています。一番新しい『キングの幸せな一日』（仮題《かだい》）は、元気な女の子四人組が、つながれっぱなしのシェパードをすくいだす物語です。これもいつかご紹介《しょうかい》できればと思っています。

木村由利子《ゆりこ》

二〇〇三年五月

文研じゅべにーる

すてねこタイガーと
家出犬スポット

2003年6月30日　第1刷
2004年4月20日　第2刷

ISBN4-580-81307-3

作　者　リブ・フローデ
訳　者　木村由利子
画　家　かみやしん
発行者　曽川敏彦
発行所　文研出版

〒113-0023 東京都文京区向丘2－3－10
☎ 03－3814－6277
〒543-0052 大阪市天王寺区大道4－3－25
☎ 06－6779－1531

印刷所　岩岡印刷株式会社
製本所　日本紙興株式会社
NDC 949　168 p　23 cm　菊判